貧乏神といたころ

中村路子

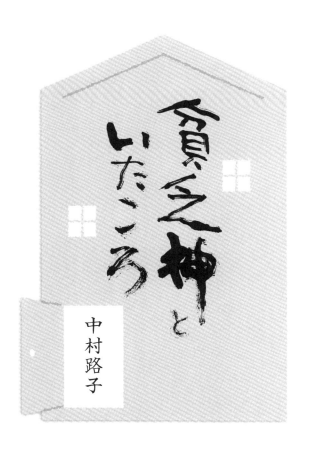

装幀絵　中村　路子
デザイン　仁賀木恵子

時間は元には戻らない

「義兄さん。義兄さん、起きてください」

　揺り動かされて緒方哲郎は、せんべい布団の中からもがくように顔を出した。

「ン?」

　大きな坊主頭が覗き込んでいる。それが義弟の成田俊一であるとわかるまで数十秒かかった。

「お客さんですよ」

　起き上がりながら緒方は薄暗い部屋を見まわした。

　ここはどこだ。

　板の上にしかれた万年床。その周囲は薄いベニヤ板で囲われていて天井からぶら下がっている裸電球がなければ何も見えない密封空間だ。まだ目の覚めきらない緒方に、義弟の営む天ぷら屋成天の二階に居候している現実が戻ってきた。二階といっても建物の梁に床板を張ったもので、それでも住みやすいようにと屋根との間にもう一枚ベニヤを張り付けてあるため立ち上がると頭を打つ。定年間近の五十三歳という年の緒方がここで生活を始めてもう一年にもなる。だが夢の中ではいまだに売ってしまった家に戻って寝ているらしい。

　あきらめの悪いことだ。緒方は自分をあざけるように薄ら笑いを浮かべた。

「客……。ああ、客ね」

いったい誰が来たのだろうか。

誰かとは訊く気がない。誰であろうと大した人物ではないからだ。緒方は布団から這い出して、固くなった筋肉の上に載っている重い頭をふって立ち上がり、いつものように頭を天井にぶつけてしまった。突然の振動でその上を住居としているネズミたちが騒ぐ。

緒方は頭をなぜながら苦笑いして腰をかがめた。大男の俊一は四つん這いのまま緒方を見上げている。

「今、何時？」

「午後の三時です」

俊一が声を押し殺してこたえた。

「うーん。そろそろ閉店の時間か」

部屋の隅の四角い穴に取り付けられた梯子が階下への出入り口だ。のぞくと下では門村飯《いい》が、まるで草履取りであるかのようにコンクリートの土間に緒方のつっかけをそろえているのが見える。

驚くよなあ、戦後生まれの子がもう二十代半ばだ。昭和も四十八年か。飯を見るたびに戦争を知っている世代の空気が抜けていくような気がする。あの時代を生き抜いたその経験に何の尊敬も抱かない世代がもうすぐ社会の中心になる。そうした移り変わりに対する無力感、といってもいいだろうか。

「早く嫁に行けよ。二十五にもなってこんなところにもぐりこんで。誰も発掘しちゃくれないぜ」

緒方はだらだらと下に降りた。

飯《いい》は、緒方の経営する三角出版の社員だが……そう、緒方は社長なのだ。彼女はここのところ俊一の店で朝の六時から会社の始まる九時までアルバイトをやっている。

「いやに気をきかせるじゃないか。どうしたんだ。ええ?」

社長である緒方は、そろえられたつっかけを慎重にはき、まだアルコールが幕を張ったような視線を店のおもてに向けた。

通路には車椅子に乗った娘とそれを押している母親がいた。瓜二つの柿の種のような目で、じっと緒方に視線を注いでいる。

それに気づいた瞬間、緒方の頭から酔いのなごりはふっとんだ。

「や、やあ……」

とりあえず声をだしたが、それ以上の言葉が思いつかない。干からびたように動かない脳みそをふりしぼって、

「あ、そう、今月分ですね。遅れてすみません。……今月はちょっとその都合がつかなく……必ずお支払いしますから」

と舌が勝手に付け加えた。

しかし、緒方が交通事故で半身不随にしてしまった若い娘、瀬川美鈴は、緒方の挨拶に何の反応も示さなかった。というより美鈴は今まで緒方に一度も口をきいていない。会うのはこれで三度目だが一度だって笑顔を見せることがない。当然だが、当然だが……緒方は彼女のようなまっしぐらな人間は元々苦手だ。

「すぐに払い込んでいただきたいのです。それにあと十万追加でお願いします。何度も申し上げましたがあの金額ではとても足りません」

そう機械的な口調で告げたのは美鈴の母親だった。この母親もいやだ。親子でそっくりだ。

「そ、そうですか。……でも今。資金繰りが苦しいものですから」

それは本当だ。アルバイトの門村飯には月三万円を支払っている。それだけでも緒方の生活費を圧迫しているのだ。その約三倍以上の金額を毎月払っていくのは楽ではない。

「それはそちらの事情です。私たちは介護上の必要経費がいるので請求申し上げているんですよ。おわかりでしょうが」

事故が起きたのは一年ほど前のことだ。黄昏時、黄色の信号が赤に変わろうとする直前、緒方はハンドルを切って交差点に入った。その車の前に大手商社のＯＬであった美鈴の自転車が飛び出してきたのだ。

その時のことは、ブレーキから足に伝わってきた衝撃も、跳ね上がった美鈴が空から降ってきてボンネットの上ではねた音も、それから歩道にゆっくり落ちていった姿も、寸分たがわす再現できるほど覚えている。

電信柱の下に案山子のように折れて横たわった美鈴は、生命は取りとめたものの脊髄を損傷し一生歩けない身体となった。

そしてその日から緒方の運命は暗転した。緒方は保険に入っていなかった。そのため家を売り払い、さらに退職して得た退職金を上乗せして賠償金とした。ただし離婚という形をとって妻と大学進学をひかえた娘の当面の生活費は確保してやったが……。それでもできるだけのことはやったつもりだった。五十二歳という定年間近の年齢で、職も妻子も家も失ったことで誠意だけはくんでもらえるだろうと。

しかし美鈴側は不満だった。

十カ月におよぶ入院生活中、美鈴が何を考えていたかはわからない。だが入院時には見舞さえ拒否していた美鈴が緒方本人に会いに来たということは、なにか心境に変化があったということだ。……たぶん悪い方に。

拒否されていたころは、せめて直接本人にわびることができれば気持ちだけでも救われるのにと思っていた。しかし実際に顔をあわせてみれば、情けないことにまるで被害者は自分だとでもいうような顔をして立っている自分がいる。

「ずいぶんと収入がありそうですね」

美鈴の母親は成天の内部を見まわした。

成天の店は三坪ほどの広さだろうか。戦後の闇市時代に先代がここの権利を手に入れてから二十年、来る日も来る日も天ぷらを揚げていたため、壁面も、美鈴が見つめている先代の書いた標語も樹脂化した茶色い油滴であばた状にうずめられている。

「支払っていただくまで毎日ここにまいります。あなたのせいで娘の身体は、一生こうなったたま、悪くなることはあっても良くなることは無いんです。まだ二十五なんですよ、美鈴は。これから先のこの子の人生を台無しにしておいて、あなた方にできることはお金を支払うことだけなんですから」

「あなた方って……」

後から降りてきた俊一が、緒方の横をすり抜け際、禿げ頭を揺らせて不安そうにつぶやいた。

目的はなんなのだろう。緒方は母子の表情をうかがった。もちろん緒方にはわかっている。美鈴母子の目的は、緒方の破滅なのだ。復讐といってもいい。でもどこかにちょっとだけでいい、かけらでいい、あわれみというか、なんというかそういったものをと思うのだが。

「私どもは無茶な請求をしているわけではないんです。一生働けないのに、寿命がある限りは生きていかなければならない、というこの残酷な運命に美鈴が耐えて行くには、最低限それだけのお金がいるんです。わかっていただけますね」

わかっている、無論だ。

だが美鈴の父親は喫茶店を経営している。収入がないわけではない。

「ちょっと待ってくださいよ。おたくらの言うことはもっともやけど、加害者かって生活がありますのや」

口をはさんだのは、俊一に場所を譲って通路側に一歩出た社員の飯だ。社員と言ってもここひと月ほどの間でしかない。ぞんがい一宿一飯の恩義を感じるたちなのかもしれない。しかしかえって迷惑な義理立てだ。緒方はあわてて飯を制した。殴られても蹴られても加害者側は平身低頭しかないのだ。

しかし同年代の飯の言葉は、美鈴を刺激してしまったらしい。

「そうやないの、そうやないの。おかあちゃん、わたし、お金なんか欲しくないの」

初めてきく美鈴の声だった。飯のものよりかなり甲高い。

「私は脚を返して欲しいの。元の身体にしてほしいの」

「わかってます。わかってます」

脚より金のほうがまだ可能性がある。緒方には平身低頭しかない。

「でもね、でも不可能なことは不可能なのよ」

さすがに母親がなだめる。

そう、ハンプディダンプティ。時間は元には戻らない。だが自分の動かない脚を意識するたびに美鈴の怒りが燃え上がっても無理はない。美鈴にとって緒方という人間は、憎んでも憎んでもどれだけ憎んでも飽き足らない存在なのだ。

緒方はずっと耐えて来た。何度も何度も繰り返される美鈴側の責めに。彼女たちが怒るのは当然だ。しかし……今日の二日酔いの頭にはとりわけ二人の甲高い声が耐えがたく響く。

酒が飲みたいと緒方は思った。

「ごめんなさい。本当にごめんなさい。元に戻してあげたい、もしボクにできるなら、時間を戻すことができるなら」

緒方はくるりと後をむき、酒、酒と思いながら梯子をのぼった。のぼりきったとき指が細引きにさわった。それは毎日死にたいと思い続けてきた緒方が、そのために用意した細引きだった。死ねば保険金が入る。自殺でも少しは……出るかも……緒方はふと細引きを首に巻いた。とそのためバランスがくずれて足がすべった。緒方の体は首に細引きを巻きつけたまま一気に下に落ちた。細引きはピンとはって緒方の首にからみついた。だがくくり付けておいた金具の留め金が古かったのだろう。緒方の首は一瞬上にひっぱりあげられたもののそのまま床の上に落下した。

偶発的ではあったが芝居ではない。しかしそれはいかにもそれらしく見えただろう。

「に、義兄さん、義兄さん！」

仰天した俊一が、駆け寄って抱き起こす。

「卑怯者」

美鈴の罵る声が聞こえた。

苦しい。

緒方は自分の首に食い込んでくる紐をひっぱった。咳が出てわずかながら息ができた。

「義兄さん」

血の気のひいた俊一の顔が覗きこんでいる。その瞳孔が開いている。

いかん。俊ちゃんにショックを与えた。

「事故だ。俊ちゃん。大丈夫だから、俊ちゃん」

緒方は、硬直した俊一の腕の中でもがきながらまた咳をした。

そのときだった。理解のしがたい美鈴の言葉が響いたのは。

「結婚してください」

緒方の咳が途中で止まった。

とうとう来た、と緒方は思った。ひょっとするとそういうことを求められるかもしれない、とは考えていた。若い娘の一生を台無しにしたのだ。一生の面倒を見ろということで。

「結婚してください」

もう一度美鈴が言った。緒方は片腕をついて上半身を起こした。

だが驚いたことに、美鈴の目は緒方ではなく俊一を捕らえていた。

てんぷら屋の成田俊一は、丸首シャツによれよれのワイシャツのボタンを開けて着込み、その上に油屋からもらった屋号をそめ抜いた厚手の前垂れをしめ、長靴をゴッゴッと鳴らしながら、てんぷらを揚げる以外は、一日中あれやこれやとりとめのない話をして過ごす、要するにそういう類の男だ。商社の事務員として、中ノ島近くでエリート商社マンに囲まれて結婚相手を物色していた美鈴のような娘が一目惚れするようなご面相でも経歴でもない。だが美鈴は、

「あなたです」

駄目押しするように俊一を指さした。俊一が立ちあがった。

「オレと？　オ……オレは」

俊一が怯えたようにつぶやいた。

「何をいうてはるの。成天さんは、あんたの事故と関係ないやんか」

飯が叫んだ。飯は俊一に気がある。

「そうね」

もちろん美鈴は承知の上でいっているのだ。

「でもあれがあなたの信条なんでしょう」

美鈴は先代の標語を指した。守りませう、とそれには下手な字で書いてあった。

一　自分のことは自分でしませう
二　本気で根気よく最後までしませう
三　うそは言わぬようにしませう
四　お互いに親切にしませう
五　身体を鍛えませう

尋常小学校を三年生までしか通えなかったという成天の先代が、教室に掲げられていた標語を思い出して書いたもので、これだけ守っていれば人の道を外れないですむと先代が残していった教えである。

「なんて無邪気な善意なんかしら」

美鈴が憎しみを込めていった。

「それがどうしたんよ」

飯が吠えた。

「だから、わたしも親切にしてもらいたいの」

そういう美鈴になんといって応えていいのかわからなかったのだろう。

「本気かいな」

俊一は立ち込めた霧の中で方向を失った子供のようにつぶやいた。すると美鈴は意地になったように首を上下させた。

「無茶いうたらあかんわ。なんで成天さんにそんな嫌がらせをしはるの。関係ないやない。あんたの事故と」

飯の声が裏返った。そうだと緒方も思った。だがその俊一の応えに、緒方も飯も言葉を失った。

「わかりました」

蒼ざめた俊一は、幽霊のようにみえた。

「俊ちゃん」

「お、おれの持ち物はこの店だけやけど、それでよかったら」

「何を言い出すんだ。俊ちゃん」

緒方はあわてて立ちあがって俊一の言葉を否定しようとした。自分の事件に俊一を巻き込むわけにはいかない。

だがその前に問題はもう一つねじれてしまっていた。

「あかん。そんなん絶対あかん。この人はうちの恋人なんやから」

といって飯が俊一の前に飛び出したからだ。

三角出版

飯が三角出版で働き出したのは、美鈴が現れる一カ月ほど前、昭和四十八年の十月なかばのことだった。

三角出版とはその名の通り建物自体がほぼ正三角形なのだ。その三角形の一辺は引き戸が二枚。机に座って両手を伸ばせばたいていの用は足りる、というかそれだけしか動けない。飯は、よく三角出版の机の前に座ったまま手を伸ばして表のガラス戸を二、三センチあけて換気をした。周辺は小物屋やら衣料品屋やらが、通りのいっぱいいっぱいまで商品を並べている商店街だし、三角出版社の背後は天満市場という卸売市場だから人通りは多い。椅子に座っている自分が道から見えるのがいやなのでなるべく開けたくはないのだが、空気を入れ換えないと窒息しそうになるほどその敷地はせまい。

だが三角出版の前にはときどき人が立ち止まる。不動産部も持っている三角出版のガラス戸には、周辺アパートを中心とした不動産物件の大きさと値段を書いた紙がべたべたと貼ってあるからだ。みんな格安の部屋、つまり太陽が一日中さしこまない二畳とか三畳の、ただ寝泊りするだけの機能しかない部屋の案内だが、需要はけっこうある。実際飯が入っている「三角出版寮」も、貼り出されているアパートの一室だ。

飯は、机の後ろを占領している売れずに残っている三角出版唯一の発行雑誌である三角グラフを積みなおした。前の道を車が通ったせいで、揺れて落ちてきそうになったからだ。

そんなところにでも建物を建てる都会の人間の土地に関する感覚は不可解そのものだ。しかしこんなところで働こうと思った自分自身がもっと不可解ではある。

ここで面接されたとき、飯は、何かの都合で本社が使えずこの倉庫のような場所を指定してきたのだと思った。

……誰でもここが本社やとは思わへんわなあ。

出社したその日から飯は、毎日そんなことを考えていた。世間知らずといえばそれまでだが、こんなところで面接を受け、働きに来るとは、アホとしか言いようがない。

だがたいていの弱小出版社は貧乏だという飯の固定観念が判断をくるわせたのだろう。自分自身も貧乏が平気という体質もそれに作用したのは確かだ。初めてやってきたとき、胸の大きな変なおばさんが待っていたのだが、その人が編集長だというのはあとで知った。なぜそのときにちゃんとここを本社だと教えなかったのか、今なら了解できる。もし本社だと知ったら、いくらなんでも考え直しただろう。

何度考えても、ため息が出る。

しかもだ、当面飯に与えられた仕事がここに一本しかない電話の番だなんて考えられるだろうか。少なくとも飯は、六年間印刷会社でデザイナーとして働いてきたキャリアの持ち主なのだ。そんな飯が一カ月三万円の手当で三カ月働くことを承知したのは、三カ月働いて仕事の手順がわかったあと、下請けとして三角出版の出版物のレイアウトを全面的にまかせようという話だったからだ。

しかしなんだか様子がおかしい。レイアウトマンとして与えられているはずの机には烏口はおろか定規さえなく、ただただ電話が置かれているだけなのだ。しかも仕事といえばその電話を取ることだけだ。

前の会社を辞めたんはまずかったかなあ……。

しかし後悔先に立たず。寮があるというので本人より先に荷物をその格安アパートに送り込んでしまっており、おかしいと思っても動きが取れない状態になっていた。

飯が前の会社を辞め、三角出版にやってきたのには二つわけがあった。

一つはデザイナーとして、捨てられて当然のチラシだけではなく、なにかあとに残る仕事をしたいと思ったこと、もう一つは子どもの頃から好きだった矢島三郎がここにカメラマンとして働いていたからだ。もちろんより重大な要因は後者だ。たまたま京都で出会った三郎に、「来いよ」といわれなければ、飯だってもう少し慎重に行動しただろう。

飯は結婚を焦っていた。すでに適齢期上限の二十五歳を超えてしまっている。それまでうるさく結婚、結婚といってきていた実家からさえも、何もいってこなくなった。もう、ネコであろうと杓子であろうと女として評価される、あの適齢期からはずれたのだ。田舎の親は、肩身が狭いから飯が実家に戻ってくるのさえ嫌がりだした。

しかし、はずれたことを一番強く感じていたのも飯だ。同級生はほぼ結婚している。団塊の世代は十人に一人ははぐれると脅かされて育っている。もう駄目だという、一日に十回はたどり着く見解に、誰でも良いからと思ったり、それでは困ると思ったり、会社の後輩の薄ら笑いにいたく傷つきながら、毎日ただ結婚のことばかり思って暮らしていた。そんなときに三郎が登場した。実家の近所の豪農の息子で、なかなかのいい男だし成績もトップクラスだ。飯は幼いころはサブちゃんと結婚すると公言していたこともある。まだ独身だというし、しかも三郎が働いている会社では雑誌のレイアウトができる人間を探しているというのだ。飯でなくても天命だと錯覚する……かな。

結婚は二人だけの問題ではない。二つの家がいっしょになるのだ。相手の親兄弟、親戚など人間関係を新しく築かなくてはならない。だが幼い頃から近所づきあいしている矢島家となら、両親も反対はしまい。

決めた。サブちゃんと結婚する。

というわけで飯は、三郎との結婚と、結婚後は自宅で小遣い程度の収入を確保するという一石二鳥のばら色の未来を夢見て転職した……つもりだ。だが、来る早々に現実の砂埃に夢は埋もれてしまった。狭い事務所に積み上げられた売れ残りのグラフ紙を見るとよくわかる。ここは出版社かもしれないが、ちょっと小金があって、ポリシーなしの、でも一獲千金を夢見るというか、要するにそういった類にあこがれる人たちを騙して金をださせるための会社なのだ。

……サブちゃんはここでなにをしとんのや？

飯は天井を見上げた。

おかしい……。

天井には四角い蓋があり、そこに向かって壁面に梯子が取り付けられている。つまりそこが二階部分の出入口なのだ。だがこの潜水艦式の二階は、三郎から絶対あがってはいけないと命じられている開かずの間なのだ。

この「おかしい」には危険のにおいがする。

飯にだけあがるなといっているのもおかしいいし、東京の大学の経済学部に入学したはずの三郎が、カメラマンと称して大阪の、しかもこんなところでとぐろを巻いているのもおかしい。

いやそれだけではない。三郎はいつも例の編集長といっしょで、めったにここには顔をださない。取材とかいっているが怪しいものだ。まだある。飯には入るなといっておきながら、今まで三角グラフのレイアウトをやってきたという美人が来るとさっさとあげて、長い間小声で話しこんでいく。

いったい三郎は自分のことをどう思っているのだろう。

もっとも二人の行く末を話し合ったわけでもないし、……デートもしたわけではない。一方的に飯が結婚しようと決意しただけなのだ。しかしこのままおとなしく引き下がってはいられない。飯は決心した。

今日こそ開けてやる。秘密をのぞいてやる。

天井は低い。梯子を三段も上がるとはやくも手が届く。飯は頭で蓋を押し上げた。

……？

中は真っ暗だ。

しまった。

飯はあわてて梯子の横についているボタンを押した。赤い光が室内に満ちる。ここは三角出版の現像室なのだ。飯は赤い光の中に立つと、そっと出入り口を閉めた。ちょっと光を入れてしまった。

感光したかなあ……。

飯は、三郎が自分に出入りを禁じた理由を思い出して舌を出した。

「だめだ。二階に上がっちゃいけない。お前はうっかり屋だから」

まあいいか。どうせろくな写真やないんや。

編集長は三郎をおだてているが、飯の見るところ、彼女が必要としているのは三郎の車であって腕ではない。ボロ車ではあるが、三郎はお抱え運転手のように動いてくれるという利用価値を愛しているというところだろう。三郎もなんだかんだと写真に関して薀蓄をたれるが、たいていは言訳で、写真なんか好きでもないように見える。しかし本当のところはどうか。飯は真実が知りたい。

室内には、三日前に焼いた写真がつるしっぱなしになっていて、赤い光の中で薄ら笑いを浮かべている。

もうちっとましな写真を撮れよ。うちがレイアウトするときは採用せえへんで……。

要求されているのは芸術ではなく顔写真なのだ。ピントを合わせるぐらいできるだろうに。人相が悪いうえにぼやけているからよけい気持ちが悪い。

写真が下手だから三郎は「絶対入るな」といったのだろうか。いや、そんなことはない。三郎は自信家だ。彼の目には、自分が撮ったという理由だけで傑作と映っているはずだ。三郎が警戒したのは幼馴染の目だと飯は思っていた。実際、飯には三郎がやりそうなことの見当はついているのだ。威張りたがりの三郎は「正義」と「勝利」に執着する傾向が強い。

部屋は薬品の飛び散っているビニールの黒い暗幕がたれさがっている。暗幕の向こう側には何があるのだろう。飯は暗幕のつなぎ目を見つけてそっと開けた。

光がさしこんでいる小窓がある。その下にナップザックや寝袋、ヘルメットと何本かのコーラのビン、それに角材というのだろうか、汚れた太目の棒がつまれている。

過激派の三点セットではないか。

やっぱり……。

向かいの喫茶店で読んだ新聞記事を思い出した。活動家のアジトで乱闘があり、踏み込まれたほうの人間が殴り殺されたとか、大怪我をしたとかの報道だ。そうした事件は、前年起きた浅間山荘事件やリンチ殺人事件が発覚したあと、頻繁に報道されるようになっていた。

アホや。まだ過激派やっとるんか。

矢島三郎が過激派と呼ばれる組織に入って、ついに親に勘当されたという話は飯の田舎では有名だった。少し前までは、学生運動家には自分の未来を犠牲にして社会を改革していく悲壮なエリート集団というイメージがあって、知識階層には好意的に受け取られているむきがあった。平等こそ社会の正義、という考え方は日本人が古くから持ち続けてきた唯一の思想だ。だから日本も富裕層の搾取を阻止してソ連や中国のように共産化するべきだ、と心優しく、武力闘争に理解をしていたわけだ。だから飯も変だなと思いながらも三郎の正義感を、支持すべきものだと思っていた。しかし赤軍派による浅間山荘事件以来、新聞の論調もかなりトーンダウンしている。

学生はいつまでも学生ではいられない。仕送りは親にとって大きな負担だ。日本の社会の不文律は働かざるもの食うべからずだ。人間として一番大切なことは、自分を食べさせていくことだ。学生運動が盛り上がったころ就職難だったとしても、今は小さい会社でいいならどこかにもぐりこめる右肩上がりの景気だ。

社会に転がり込んだ彼らを、世間は元気があまった奴ら、ぐらいにしか思わないだろう。なんといっても平等の精神は、日本精神の根幹をなしている。彼らの主張は大抵の市民の不満と同じだ。

だが警察は別だ。一度ブラックリストに載ったものは、それが間違いであったとしても一生監視の目がついてまわるという。

そういえば二、三日前、自転車に乗った警官が現れて、狭い社内をじろじろと眺めながら働いている者の住所や氏名を聞いていった。

目をつけられてるんや。

飯は、現像室の奥に転がっているヘルメットの中に詰められたヒモのようなものが気になった。

　これ、なんやろ。

ヘルメットに手を伸ばした飯は、そのそばに落ちていたもう一本の、ちょっと短いヒモを目の端にとめた。

動いた？

飯はヒモをじっと見た。

気のせいだ。動くはずがない……しかし何のヒモだろう。ゴムのように丸いが……。飯はその周囲に視線を動かした。そのときだ、ヒモは飯の視線が外れるのを意識したようにするりと動いた。

飯は息を殺して暗幕を閉めた。それから後にすざって出入り口を開け、梯子につかまると一気に一階の床に飛下り外に走り出た。危うく衝突しそうになった自転車のおっさんが悪態を吐き散らしていってしまった。

「どうした。飯ちゃん」

道を掃いていた向かいの喫茶店タマイチのおっちゃんが、裸足で飛び出てきた飯に声をかけた。声が出ない。飯はしゃがみこみながら声を振り絞った。

「ネズミ！　ネズミや〜」

土産のにんじんをくわえてシリジロは、市場の屋上で勢いをつけ隣の三角形の屋根との間にある三十センチほどの空間を飛び越え、一気に地面にまでおりた。コンクリートの割れ目がここの出入口だ。そこから壁の下を通り抜けるとすっと机の下に出る。

おっと、危険だ。人間の足が奇怪な格好でおりている。

シリジロは動きをとめて足の動きを見守った。

だが足の持ち主は何も感じている様子はない。では、と息をひそめながら積まれたグラフ誌と壁の隙間に移動した。そこに第二の出入り口がある。シリジロは外壁と内壁の間のすきまにするりと滑りこむと、爪を軽く立てて二階部分に駆け上った。

ここのところ、天満市場を縄張りとする通称市場ネズミたちには平穏な日々が続いている。ネコさえも撃退できるヤオヤのアサキチというボスネズミが取りしきっていることで、無法者がやってくることもなく、たっぷりと栄養豊かな餌を手に入れることができるからだ。しかしネズミに危機意識が欠けては、いざという時致命的だ。危険があっての躍動するのがネズミ族ではないか、とシリジロは心配するが、日常的に戦わなくてはならない相手がいないことには、いっても糠に釘、黒ゴマにフンだ。やつらのトロッとした目を見ていると、

「避難訓練もなあ……」

無駄に思えてくる。やれば少しは緊張感を高められるとは思うが、ネズミたちの共同体意識が薄れた今、協力を得るには大量の食い物を用意しなければなるまい。それも漬物屋が捨てたキャベツの皮では……。

第一ボスのアサキチ自身、隣の三角出版に別宅をかまえて縄張りの見回りにも出てこないのだ。みんなが真剣に参加するはずもない。困ったものだと思う。

しかしそんなことは口にだして機嫌を悪くされてはたまらない。全盛期からすると衰えたとはいえアサキチの物事を見る力にかなう者は市場にはいない。

三角出版の二階には常時暗幕がひかれている。シリジロは内壁にあけられた穴から二階の床に顔を出した。

「兄貴……兄貴」

何度かよびかけたが、子ネコほどもあるアサキチは、縄を束ねたような巣の上で腹を上にしたまま動かない。

「兄貴！　どないしたんや」

あわてて駆け寄ったシリジロは、三十センチほど跳ね飛ばされた。

「なに、しくさる」

「あ、兄貴。すんません」

シリジロは、急いで服従の姿勢をとった。

「びっくりしたんですわ。な、なんかあったんかと」

「なんや、シリジロか」

アサキチは、ひげをプルプルと震わせると、力を抜いてまた横になった。

アサキチが布団代わりにしている縄のようなものの前には、荷物類が積み重ねられて壁のようになっている。人間が現れても退避する時間は十分ありはするが。

「隙だらけやんけ、大丈夫か？」

シリジロは荷物の上に上ってみた。前に下がっている暗幕が二十センチほど開いていて、四角い出入り口から下の様子がよく見える。

「あのネエチャン、新入りでっかい」

「うん？　飯ちゃんのことか？　ああ、電話番らしいわ」

シリジロは、出入り口までにじりよって一階をのぞきこんだ。

「電話？　そんなもんかかってくるんですかい。こんなくされ事務所に」

「そういうたるな。ま、少なくともあいつら同士の連絡はあるわい」

アサキチは大あくびをすると、ちょっと足を組みかえた。

「へえ、でもそのために電話番を一人雇うやなんて気楽な話でんな」

「編集長のたっての御要望やそうな」

「編集長て、あのボインのおばはんでっか」

「うん。編集長と連絡がとれへんという文句がファンから入るらしい。なんの連絡かしらんが」

「デートのお取り次ぎいうところでんな。おっさんの劣等感を刺激しますよってな。教養とボインの組み合わせは」

「うん。飯ちゃん自身は、電話番やということに気がついてないけどな」

「頭のとろいやっちゃな。ま、こんなとこでも働こういうんや、少々難ありやわな。クソッ、おれ、そんなボケの足元を通るのに緊張して損した。帰りに足踏んでったろ」

シリジロは壁板の間からさらに身体を乗り出した。

「あれ、電話を落としよった。電話が鳴っただけで椅子から飛び上がったりするからや。へ、へ、田舎もんかい」

シリジロは、アサキチへのみやげに持ってきたニンジンを自分で食いちぎりながら笑った。

「ハハ、あのウブなところが可愛いんや。おれなあ、シリジロ。あの飯ちゃんの声に、なんちゅうか、セックスアピールちゅうか、そういうもんを感じるんよ」

「ええっ、何いうてまんのや。兄貴。シッポ姐さんにきこえたらえらいことでっせ」

「阿呆ぬかせ。おれはな、あいつには不満な思いをさせんよう、これまで粉骨砕身してきとるんや。文句いわれる筋合いやないわい」

へ、へ、と愛想笑いをするとシリジロはもう一度下をのぞきこんだ。

「しかし、ごっつい声やなあ。あんなんが兄貴の趣味やとは思わなんだな」

確かに飯は、黒い受話器を耳におし当て絶叫していた。

「あっ、兄貴。兄貴。ちょっと見たってや」

「うるさいやっちゃなあ。なにをや」

「あれ見てください。ネエチャン、受話器、逆さまにして話してけつかる」

トイレットペーパーがない……

三角出版は、大阪近郊の市町村にある中小企業の社長の取材をメインとした提灯記事を満載したグラフ誌を発行している出版社だが、スタッフは編集計画が決まった時点で寄せ集める、つまりだれも正社員がいない会社なのだ。ネズミに嘲笑されるほどどろかろうと、電話番は必要不可欠で、本人は気づいていないがその役目はレイアウトマンより重い。

だが飯は、電話が苦手だ。

無理もない。飯が子供のころは、飯の田舎では商売人以外自宅に電話がある家などほとんどなかった。日本のほぼ全所帯に電話が行き渡ったのは数年前のことだ。去年ようやく飯の実家も電話をひいた。しかし飯はあまりかけたことがない。県外の実家にかけるには両手に余る十円玉を持ち、街角の赤い公衆電話の前にたたなければならない。しかも十円玉はかける距離で計算されるそうで、長距離の場合一日の食費以上のものが三分ほどでなくなってしまう。赤電話は電電公社のお役人の賽銭箱のようなものではないか。飯にはそれほどの出費をしてまで電話を使わなければならない用はなく、したがって電話には慣れないままに今日まで生きてきた。

まったく電話とは妙な機械だ。誰が考えたのかあの非日常音のベルのハヨデンカイ、デンカイを連呼しているような音のすさまじさ。どっちが上かわからないまま耳にあてた受話器からは、そこに人がいるかのように音声が流れ、机に向かってお辞儀さえしてしまう。細いコードを伝って電車で何駅も行ったところにいる人間が、黒い受話器の中にいるように聞こえるのだ。この技はちょっと前までは魔法使いの専売特許だったものではないか。しかもその魔法の器具から流れてくる第一声はここ大阪では常に「まいど」なのだ。まだあったことのない人たちのこの挨拶に飯は困り果てていた。

だが電話よりもここでは困ったことがある。それはトイレだ。

なんと三角出版にはトイレがない。面接時にトイレがないのを確かめなかったのは飯の責任ではあろう。しかしだれだって「会社」なるものなら、何がなくてもトイレぐらいはあるものではないか。それは万全を記する日本国のかの労働基準法にさえ「社員何人当たりに何個のトイレを設置しなければならない」という条項はないほどの常識ではないか。

しかし現実にないのだ。

ではトイレの無い会社の社員は、どのように問題を解決すべきなのか。底辺の人間に必要不可欠なもの、それは目をつぶるという形の助け合いだ。隣近所には雑居ビルがたくさんある。適当に見繕って入ればいい……という説明を飯は初出社した日にきかされた。

……ひょっとしたら今年はものすごく不運な星まわりとちゃうんやろか。

飯は頭をかかえた。トイレの無い会社に、無視された前歴、やりがいの無い仕事、過激派の

「恋人」にネズミとの同居！

この過酷な現実から逃げ出すのが不可能ならば……少なくとも数カ月だけでも対策を講じなくてはならない。

まず、あれや……。当然のことながら最初にやらなければならないことは、ネズミ退治だ。飯はネズミ捕りを思い浮かべた。しかし……万一ネズミ捕りにネズミがひっかかった場合……どうしたらいいのだろう……。この二次被害の処理方法は？

誰かに頼もう。

飯は、三角出版不動産部の責任者である、気のよさそうな禿げ頭の大男を思い浮かべた。成田俊一なら何とかしてくれるだろう。

その次には三郎の過激派対策だ。

仲間がいるんやろか……。

おれが、おれがと人を押しのけるところのある三郎にはあまり友人はいない。だからこそ仲間への執着も大きいだろう。ゲバ学生もやくざといっしょで、そこから足を抜くとなると仲間同士の血の雨が降るというはなしだ。

うーん……。

突然机の上の電話が鳴った。電話は突然かかってくるものだが、考えに夢中の飯は電話のベルが鳴る前のあのチンという小さな機械音を聞き逃しており、その第一音にはじかれて椅子から数センチ飛び上がり、それから事態を了解した。動悸をおさえて受話器をとれば、電話は珍しくも実家からではないか。

「ええ？　トイレットペーパー？」

そののんびりした話題が腹立たしい。実家からの電話はトイレットペーパーを手に入れてくれというものだ。よりにもよってこんな悩み多い時に、トイレットペーパーを送ってくれとは。それに送るのもたいへんだ。ぐるぐると紐でしばって回符をつけ、郵便局というお役所に持って行き、紐の掛け方がゆるいなど散々文句をいわれるのを我慢して送っていただくのだ。

しかしこれは家からの電話だ。つまり長距離電話だ。電話すること自体をぜいたくと認識している飯の親がかけてきたのだ。なにか理由があるはずだ。送ってやらなくてはなるまい。

どうせ社員以外事務所に電話などかかってはこない。かかってきてもトイレにいったといえばすむ。それに外に出たほうが過激派対策の良いアイデアが出るような気がする。三角出版を出て道の向かい側にわたり、ビルとビルの間の狭い路地を十歩も歩けば日本一長いといわれる天神橋筋商店街に出る。そこでならトイレットペーパーもすぐに手に入るだろう。飯は、気晴らしを兼ねて三角出版を出た。

無い！

無いのだ。トイレットペーパーがみんな売り切れている。ここは大阪の天神橋筋商店街なのだ。長さはおよそ二キロ、その間に国鉄環状線の駅が一つ、地下鉄の駅が二つある。無いはずがないではないか。商店街とはいえないような端まで歩いてきた飯の子豚のような鼻の頭には、十一月だというのに汗がにじみでた。

だがそれでも飯はこのとき、日本という奇妙な国におかしなことが起きかけているとは思わなかった。それは仕方のないことかも知れない。戦後すぐはともかく、飯が生きてきたこの二十五年間、金さえあれば日用品を手に入れられないような事態は、一度も起こっていない。ひょっとすると大阪では、トイレットペーパーを雑貨屋で売っていないのかも知れない。異文化圏である京都から引っ越してきたとき買ったのが残っていて、トイレットペーパーは購入にいたっていない。しかし残りはわずかだ。絶体絶命の浅間山荘ではないか。

いや、待て。落ち着け。うん。ちり紙でもええわけや！

それはいい考えだ。早速雑貨屋に飛び込んできいてみた。

だが、やはりない。それも店の主は、「ありまへん」とそっけない。

おかしい、絶対おかしい。

そういえばいつも行くビルのトイレにもトイレットペーパーがなかった。それまではちゃんと予備が置いてあったのに。

　飯がそう気づいたのは、それからさらに三十分ほどしてからのことだ。

「ゴハン。何、さぼってるんだ。こんなところで」

　トイレットペーパーを探しもとめている飯に突然声がふってきた。通り過ごしたパン屋の前で、青のパブリカに乗った矢島三郎は窓をあけて顎をしゃくった。

「このバカヤロー。事務所に鍵をかけて出る奴があるか」

　飯には三郎が標準語を使う気持ちがわからない。ごく近所の百姓の家に生まれた三郎のベーシック言語は飯と同じ関西弁ではないか。それとも東京に遊学したものはみんな標準語になるとでもいうのか。

「でも開けっ放しはまずいんとちゃう?」

「事務所ってのは開いてるものだ。開けとくったってせいぜい五分だろう。こんなに長く空けやがって。電話が鳴りっぱなしだったぞ。乗れ、ゴハン」

　と再び顎をしゃくった。

「イイや」

　ご飯でもなくメシでもなくイイと言うのが親のつけた飯の呼称だ。戦後のベビーブームで生まれた娘に両親は、親心からそのころ最も価値あるものであったものを名としてつけた。

しかし飯もそうだが、ベビーブーマーたちは米では食っていけず、職を求めて都会に出てくるという事態でせっかくの名前も時代遅れでしかない。だが幼馴染の三郎は、誰もが忘れてしまったゴハンというあだ名を使う。そう呼ばれて嬉しくはないが、くたびれていたときだから三郎のお迎えはありがたくはあった。

「泥棒が入ったら困るやろ」

「泥棒の方が困るだろう。悪いと思ってなんか置いてくぜ。気の毒がって」

角材が見つかってもいいのか、と言おうと思ったときには三郎の車は、表通りから三角出版前に急ブレーキをかけて停車した。三郎は過激派である前に暴走族だったに違いない。

車を降りて鍵を開けようと戸口に手を伸ばした飯は、自動で開いた戸口一杯にスキンヘッドの大男が詰まっているのを見て、思わず声をあげるところだった。

大男は三角出版不動産部の責任者でてんぷら屋を経営する成田俊一だった。

「新しい物件が入ったんや」

俊一は穏やかにほほえんだ。年は三十半ばといったところだろう。見た目はプロレスの悪役だが、はにかみ屋のおとなしい男だ。車から降りた三郎が、

「なんだ、いたのか。店にいるって知ってたらあんたの店に鍵をとりに行ったんだけど。自動車の教習所だろうと思って。なに？　今日は休んだの？」

「免許の教習か？　……あれなあ、もうやめようかなて思てんね」

「なんで？」

「なんかこう、どうもいまは何してももう一つ気がのらんから。おれ、どうも、自動車やらああいう機械が好きになれへんね。自転車で間にあうし、ええわ」

「三カ月頑張んじゃなかったのか。電話番まで雇って」

電話番？　飯が首をひねる。彼らの言うことにはわからないことが多い。

「商売人が車の免許持ってないと時代においてかれるぜ」

そんなことを言い捨てると三郎は、二人を押しのけて中に入り、梯子を伝って天井の四角い穴の中に消えた。

俊一の本業は天ぷら屋だ。屋号は成天、店は背後の天満市場の中にある。不動産の免許を持っていて成天が権利を持っていたここに副業の不動産屋を開業していたのだが、義理の兄の緒方が三角出版を始めるのに協力して、三角出版の不動産部に格下げしたのだ。

俊一はにこにこしながら、

「何を買うてきたんや、飯ちゃん」

俊一は大きな身体を折り曲げるようにして飯の手元をのぞいた。

「餅網」

忘れていた。飯は、包みもしないで売り渡された金網を持ち上げてさっきのことを思い出した。

金網は、トイレットペーパーを買いに入った、血迷って飛び込んだ金物屋で勧められたのだ。金物屋の親父は戦後の食べものが無かった頃、生まれたばかりのネズミをみつけ、網で焼いて食べた経験から、トイレットペーパーはなくてもこれさえあれば生きていけると力説した。なんとなく変な話だと思ったが、その迫力に押されて思わず買ってしまったのだ。

「餅網て、正月はまだ先やで」

飯は、金網のトイレットペーパーはないといわれて、ネズミ捕りではなく餅網を買ってしまった自分に言葉を失った。

めざせ革命

「あ、兄貴」

「ン？」

二階の床に寝そべっていたアサキチは、大きな腹をわずかに波打たせせた。

「ここのやつら、恐ろしいことというてますぜ」

「ウーン、なんや、シリジロか」

「ウーンやおまへんで。あいつら、我々の子を焼いて食べよる話をしてまんがな」

「食べよる？　新手のネコが来よったんかい」

アサキチは片目を開けてシリジロをにらんだ。

「ちゃいまんがな。ここの、ほれ、下におる、あの女がそういうてましたんや」

なんチュウことをぬかすんや、といいながらシリジロは壁の向こうに攻撃姿勢をとった。

「ふーん……。ま、別状あらへん」

アサキチは興味をなくしたらしく、桟を枕に仰向けになった。

「なに呑気なこというてはるんです」

いきどおったシリジロははずみで、アサキチの寝床の中にまで脚を踏みいれ、おびえて跳びすざった。

「失礼しました」

市場ネズミたちをたばねるアサキチのご機嫌を損ねたらどういうことになるか。シリジロは全神経を張りつめてアサキチの次の動きをチュウ目した。だが怒っている様子ではない。太っ腹なのがアサキチの人気の理由でもある。

「こ、これはえらい変わったダンボールでおまんな」

アサキチが反応しないのにどぎまぎしてシリジロは、アサキチが頭を乗せているの円筒状のダンボールに話題を移した。

「ああ、これで爆弾作るつもりらしいわ」

「爆弾て……爆発する奴でっか？」

万博直前に起きた天六のガス爆発事故では、ネズミ界の被害も大きかった。シリジロはそっと聞きなおしたがやはり返事がない。アサキチは寝起きだ。寝惚けて強烈なしっぽパンチでも見舞われたら大変だ。長居は危険かもしれない。

「飯ちゃんがネズミを食べたわけやなかろうが」

アサキチはシリジロの疑問に興味はないらしい。

「飯ちゃんて、あのネエチャンでっか？」

シリジロはいかにも親しげなアサキチの口振りに不愉快なものを感じた。人間はネズミの天敵である。しかもその人間の女は、さっきネズミの子を食べる計画を披露していた残虐非道の精神の持ち主なのだ。

「実際に食べてのうても、そういう話題を口にすること事態、糾明に値するんとちゃいまっか」

「そやない」

アサキチは、チッチと口を鳴らしながらごろりと体の向きをかえた。

「口にだしても実行はようせん。あの子らはインテリやよってな。これが市場のおばちゃんの発言やったら問題やけどな」

「電話番がインテリでっか」

「近種とちゃうか。少なくともここは出版社やからな」

「ふーん。その違いて、おれらとハタネズミの違いぐらいあるんかな。同じネズミでもおれらはあいつらとは異種やから」

「いや、多分……おれとかみさんとの違いぐらいやろ」

「うーん。なんや哲学的でんな」

「そやねん。おれ、このごろ考えるネズミをやってんねん。おっ」

アサキチは二階のほうを向いた。なにかをずらすような音が伝わってくる。

「来よったな。ちょっとまっとけや、シリジロ」

アサキチはその巨体からは想像もつかない素早さで置かれてある荷の山の上にかけのぼった。

「……相変わらず柔らかい体や」

ヤオヤのアサキチといえばこの界隈のボスネズミの中でも古参として知られている。しかしその体にはまだ老いを示すこわばりは現れていない。シリジロはアサキチのモグラのような柔らか

でつややかで毛皮に羨望の念をいだきながら後に続いた。しかし、

「な、何してまんね……兄貴」

シリジロは、アサキチの後ろから様子をみてすくんでしまった。アサキチは部屋の中央、まったく遮蔽物のないところに二本足で立っていたのである。さらにシリジロを怯えさせたのは、アサキチの前に生えて出たつるっつるの巨大な人間の顔だった。

「悪かったな、同志。二、三日差入れができんかったんや」

人間がアサキチに向かって話しかけた。

「なにいうてんねん。お互い危険にさらされてる身や。気にせんといてや。食べ物やったら不自由してないよって」

アサキチが、アサキチが人間に応えている！　いやそれどころかアサキチは、頭に人間の指が伸びてきているのに動きもしない。

「危ない。兄貴！」

シリジロは恐怖に正気を失って荷物の下に転がり落ちさらに弾んで、もといた物陰に転がり込んだ。

しかし人間はアサキチに害を加えなかったようで、しばらくして戻ってきたアサキチは、人間がくれた甘い匂いのする柔らかい塊を、腰を抜かして動けないシリジロの前においた。

「アンパンや。食うか。シリジロ」

「あ、兄貴。あいつに、ネズミの言葉がわかりまんのか」

「いや、そやない」

アサキチはパンで膨らんだ片頬をもごもごさせながら否定した。

「けどなシリジロ。言葉より気持ちや。言葉なんか信用したらあかん。言葉は裏切りよる。相手も自分もや。大事なんは本当の気持ちや」

「はあ……それであいつの魂胆はなんでんねん」

「うーん。魂胆という言葉には抵抗があるな。そうやのうて共鳴いうとこかな、ま、あいつとオレの関係はそんなとこや」

そうでっかといいながらシリジロは、どうやら毒は仕掛けていないらしい菓子パンのくずを口にした。

「けっこういけまんな」

「そやろ。デザートにはまあまあや。歯のためには固めの骨の方がええけどな」

「そうでんな。けど、やっぱ、芋のほうが素朴というか、健康的というか」

そういいながらシリジロはアサキチが噛じり飛ばしたパン屑をあわててキャッチした。

「あいつ、いつもこんなもん持ってきよりまんのか」

「うん。まあな。カステラの時もあるし、ラーメンの時もあるけど」

「カステラ……」

シリジロは、匂いだけかいだことのある焼き菓子を嫌な思い出と共に思い浮かべた。シリジロの母親はカステラを餌に仕掛けられた罠にかかり、一命を落としたのだ。

「それはともかく、兄貴にもたまには市場をみまわってもらわんと」

「市場のことはおまえにまかしたあるやないか」

「もちろん、オレにできることはやらしてもろとります。けど、オレは他所者やし」

「誰がそんなことぬかしとるねん」

「いや、そうやおまへんけど。やっぱり兄貴に締めるところを締めてもらわんと」

「あんな、シリジロ。いうとくけどオレにはそんな暇はない」

アサキチはパンを床においた。ネズミがいったん手にした食べ物を手から離すときはよほどのときである。シリジロはいずまいを正してアサキチの言葉を待った。

「オレはな、シリジロ、革命を起こしたい」

「カクメイだっか？」

「そや、オレは普通のネズミと違う。そう思うやろ」

「もちろん違います。かまぼことこんにゃくぐらい違いまっさ」

「さっきの人間はカクマル派やない。セキメン派や。正式には赤色方面支援派いうセクトに属している」

なんのこっちゃとシリジロは前足で鼻をかいた。

「なあ、シリジロ。我々ネズミいうんは見た目の愛らしい種族やと思わんか」

シリジロは即答を避けた。シリジロの審美眼では、アサキチの大きな身体を、〈愛らしい〉には分類できなかったからだ。

「見てみい。この黒目がちの瞳、シックな色合いの毛皮、繊細に輝く髭、弾力のある尻尾。ネコのあの残酷でこずるい目と比べてみい」

「ネコ！　あんな怪物と比べんといてください」

「そうやろ、そう思うやろ。そやのにネコは人間に認知されとるんや」

「はあ？」

ネコも人間も化物ではないか。

「なんでか？　あいつらは人間の役に立ついうことになってるからや。我々ネズミを捕るという役目を引き受けてるからな。けどネズミがそこまで人間に嫌われだしたんはそんなに遠いころのことやないねん。オレは化けネコ一族が人間の夢枕に立って、ネズミの悪口をあることないこというたんやないかと推察してるんや。なあシリジロ。歴史をひもといてみよ」

「ひもでっか、貝のひもやったら乾物屋にうまいのが入ったとこで」

「……まあ、ひもはええ。昔はや、人間が俺らネズミを神様の使いやとか、福が来るとかいうて大事にしてくれてたんや。お前も大黒さんと一緒に彫刻されてる御先祖さんを見たことあるやろ。外国では映画に出演しとるネズミもおる」

「ああ、はい。テレビで見たことありますわ」

「オレはなあシリジロ。あいつと、あの人間と気持ちを通じることに成功して、オレの使命を悟ったんや」

「シメイて、はあ、なにやら教養が詰まってるような言葉でんな」

「つまりな、オレ、ヤオヤのアサキチというネズミばなれしたネズミは、昔のようにネズミと人間が共存共栄できる社会を現代に出現させる使命をになって生まれてきた、つまり人間とネズミの意識革命を起こす星のもとに誕生した……と思えるようになってきたんや」

「はあ?……」

なにやら踏み込んではいけないところに引っ張り込まれていきそうな気がする。シリジロが不安を感じ出したとき、下の戸が開いて大きな声が流れ込んできた。

「あ、なんや喧嘩みたいでっせ」

シリジロは話題を変えるきっかけをつかんで、ほっとした。

飯、暴発

飯は、自分の体が震えるのを止められなかった。怒りが収まらないのだ。

ここのところ三角出版周辺に目つきの怪しい男が出没している。飯は三郎を心配しているから、暗室の隅に置かれたヘルメットやその他の怪しげなものについて質問したのだ。それを、

「お前は、人のプライバシーを覗くのが趣味か」

ときた。

「あんなもの、どうする気やの」

「別に。置いてあるだけだよ。土方のアルバイトの必需品だから」

「土方て、あんた、カメラマンやないの」

「ここだけの収入では食べていけないだろう」

三郎は、うるさそうに外に出ようとした。

「知っててうちを誘たんかいな。ひどい話や。まあええ。なあ、家に帰って百姓しよ。あんたは大学を中退してしもたから学歴はないとおもた方がええ。そやろ。けど百姓ならうちらも無難な人生を送れる」

「うちら？」

反問されてちょっとたじろいだ飯は、

「そ、そうや。二人で帰って、その」

「け、結婚しよ」

と、いきなりぶっ飛んだ。

「ちょっと待てよ。ゴハン。なんでそんなことになるんだ」

三郎は、飯を子どもの頃のあだ名で呼ぶ。幼馴染であることを強調したいのだろう。だがそれは三郎にとって飯が特別な存在だと言っているのも同じことではないか。

「な、そうしよう。今みたいな生活してたら、あんたはきっと他のゲバ学生みたいに人を殺すようなはめにおちいる」

三郎を今の状態から救い出せるのは自分しかいない。飯は本気でそう思っている。

「なにいってんだよ。お前、えらく混乱してるぜ。なんでお前と結婚しなきゃならないんだ。おれはなにかそんなことでもいったか」

三郎は薄ら笑いを浮かべて、

「オレは確かに学生運動をやった。生活も不安定だ。けど今でもサラリーマン社会に警告したいとも思ってる。自分たちが良い暮らしをしようとすればするほどたくさんの人が貧しくなるんだ。だけどそれとお前とはなんの関係もない。実家に帰りたかったら帰ったらいい。うん、百姓か。そうだな、ゴハンはやっぱり田舎が似合うよ。お前は飢饉の年に種コメを抱いて餓死するタイプだ。京都に六年もいたっていうのに田舎にいるときとちっとも変わってない」

　ほっといてくれと飯は肩をいからせた。三郎だって田舎出身のベースに変わりはない。

「うちが気にしてるんはあんたのことや。偉そうなことを言うてるけど本音は金も欲しい、名誉も欲しい、権力も欲しい。それを革命たらいう簡単な方法で手に入れたいわけやろ。金もない、知恵もない経験もない、そんな若造が権力を握って何ができるんさ。あんたの意見を大人がヘイヘイ効くと思うか？　もしソ連や中国が応援してくれて実現したとしても、あんたなんか真っ先に粛清されるにきまってる。赤軍派を見てみ」

　革命なるものに理想を見つけたのは三郎の性格だ。三郎は、とにかく人に認められたい、人を引きずり回したい男だ。だから世間との折り合いが悪い。なんとか三郎が受け入れてもらえたのが学生運動家たちの狭い交友関係だったに違いない。三郎はその立場を失いたくない。だが居場所はどんどん狭くなる。そんな三郎を受け入れてくれるのは育ちを知ってくれている故郷しかないと飯は思う。だが田舎の人間はお上への反抗を最も忌み嫌う。もう一度立ち返るにはよほどの理由が要る。飯の結婚要求は飯の三郎への情だ。結婚はまともな生き方をいたしますという白旗でもある。親戚や親兄弟も、若気の至りといままでのことに目をつぶってくれるのではないか。少なくとも飯の両親は受け入れてくれるだろう。

「うちといっしょなら、あんたの学生運動騒動も、単なるハシカやったですむ」

田舎でもっとも警戒されるのは思想家とよそ者だ。

「だからお前は田舎者だっていうんだ。お前の精神は田舎ものそのものだ。変化をとことん拒絶する」

「生きていくには亀みたいにじわじわ、どこへ行くのかもわからんような歩き方をする。そうやってるうちに、世間が認めてくれる。そこで初めて意見が言えるんや」

「だから運動が必要なんだ。でないと何も変わらない。奴らは自分の正義の恐ろしさをわかっちゃいないんだ。このままだと日本は破滅する。おれは社会の危機意識のなさを指弾する」

「政治はお上に任せて、うちらは今日の糧をじわじわと手に入れる。な、まじめに黙々と働く。それが日本の正義や」

思わぬ飯の反撃に三郎の顔がとがり出した。

「ソ連や中国をみてみ。革命のなんのて奇麗ごというても、結局は独裁と権力争いや。毛沢東万歳の、自己批判の。日本があんなになったらうちはどっかに亡命する」

「お前はマスコミに毒されてる。平等の社会を実現するために独裁は必要なんだ」

「あんたはまちごうてる。人間いう生き物はな平等なんか大嫌いなんや。あんたなんかその代表や。あんたはただ負けたないから平等ていうてるだけなんや。それがわからへんからあんたは自分以外の人間を認められへんのや」

　といいながら、興奮した飯は、自分が何が言いたいのかだんだんわからなくなってくる。ただ三郎には負けたくない。

「あんな、ゴハン。おれはそういうことをいってるんじゃない。いいか。日本には上流社会があるんだ。すべての利益は、権力の近くにいる一握りの連中にいく。高級官僚、政治家、大学の教授。調べてみろ。みんな閨閥で繋がってる。奴らの子どもは苦労なしでまたいいポジションをとる。そうやってこの国はあやつられているんだ」

「そやから、まかせといたらええやない。はっきりいうて、あんたはそういう人にはなれへん。人には向き不向きがある。自分と意見を通そうと顔を隠し、暴力デモして、火炎瓶なんか投げつける人間には元々政治力がないんや。そうやろ」

　自分自身を知れ、と言いながら飯は次から次へと言葉を吐き出す自分にも驚いた。

「デモの何がいけないんだ。いいか。民主主義は選挙の上になりたってる。そしたらどうだ。名前を連呼して頭を下げまくっていた奴らが、当選したとたん、市民に平身低頭を強要してやりたい放題じゃないか。選挙民は支持したのだから、我慢しなければならない。それが民主主義のルールだ。それを正すには暴力しかないだろう、一般市民の意思表示は。それを江戸時代同然の倫理判断しやがって。いいか、いま日本で一番必要なのは、明治政府から現在まで受け継がれた一般人のお上意識の改革なんだ。火炎瓶は過激かもしれない。けれどそれぐらいのことをしないと誰の関心も呼べない。おれたちは理想があって動いているんだ。北ベトナムをみろ。あの小さい国が歯をくいしばってアメリカに抵抗していられるのは理想があるからだ。おれがお前のいうように理想を捨てて世の中に紛れ込んだりしたら、誰が世の中を変えるんだ」

「あんたがそんな貧乏くじをひかんでもええいうてんの。暴力かてほんとはよう振るわんくせに」

「お前は、本当に、決定的に田舎者だな。保守の握り飯や。とにかく、結婚はごめんこうむる。お前と話してるよりネズミと議論してたほうがましだ」

「ネズミて」

三郎は、飯の鼻先で手荒く戸を閉めて出ていった。

「サブちゃん」

飯は、自分の決定的なミスに悄然とした。

「正面突破は玉砕の元や」

てんぷら屋　成天

人の出会いというのは不思議だ。もし成天の俊一が、トイレットペーパーなら余分があるから取りにこいと言ってくれなかったら、天満市場に飯が足を踏み入れることはなかったに違いない。

天満市場と三角出版とは隣り合わせだ。というか、天満市場の北東の角をちょんと三角形に切り取った形で張り付いているといっていい。だが飯には市場と三角出版はまるっきり違う場所なのだ。それが何とは説明しがたい。得体が知れないとでも言おうか。だから飯のアパートはこの市場の前を通って行かなければならないのだが、今まで怖くて入ったことがない。

怖い？　市場が？　土地の人なら目を丸くするだろう。

しかし外見が異様なほどおんぼろなのだ。誰だって初めて見れば市場の様子に二の足を踏むだろう。戦後すぐ、紡績工場の焼け跡に建てられたという天満市場は、田舎者の飯には妖怪たちの住処としか思えない。

市場の入り口には、緑色のテント地の風除けが張られているが破れて久しいらしく、出航する船のテープのように切れて垂れ下がっている。人はその下に立てかけられたヨシズの間から入っていくのだが、内部は小屋が斜めに出ていたり、あるいは道をふさぐように立っていたりと仕切りに統一性がない。よろよろと小さく左右に曲がった狭くて暗い通路に入ったら最後どこに出られるかわからない、という感じなのだ。

が、敷地は広い。何百坪もあるだろう全体スレートの屋根で覆われているが、壊れたり、雨漏りがするような場所は青いプラスチックの波板で修理されており、屋根らしいまっすぐなところはほとんどなく、色違い、材質違いで継ぎはぎされた所々には暗い闇のたまりができている。

この巨大なお化け屋敷のような屋根の下に、百をこえる小さな店がひしめくように立ち並んでいる。だが問題は、その店の一つ一つが権利を買った地面の上を、思い思いに戸板で囲って箱のような店を形成していることだ。しかも建材は戦後の焼け残りが主で、その後も何度か火事を出したとかで、煤がしみ込んだような古い戸板が使われている。それだけで怨念がたちのぼるようにみえる。しかし怨念にもガタがきていて、中には通路のほうに倒れないように店全体をロープで縛ったのである。それが極端に照明を節約したボロ屋根の下にたがいに寄り掛かるようにして立っているのだ。

だが昼間から戸を閉めていても倒産しているわけではない。

「あそこらの商売は、まだ飯ちゃんが寝てる時間に終わってるんや」

という話だ。市場の店は、商品を古いリンゴの木箱の上にぱらぱらと載せてある状態であるだけだが、この市場は卸売市場、つまり問屋の集合体なのだ。そんなわけでこの市場では、客との応対はほとんど午前中に終え、午後には翌日のために仕入れに動くというのがおおかたの店主の行動パターンなのだそうで、客は、朝に仕入れたもので昼間商売するプロたちだ。だから商品と値段の納得がいけば店は汚くてもいい。いやおそらく、汚ければ汚いほど経費を削ってサービスしているという印象を与えるだろう。

飯は、成天に教えられた通路を入ったが、結局あちこち巡ったあげく、位置としては三角出版と背中あわせにあるらしい成天に到着した。

成天ももちろん卸で、駅の立ち食いうどん屋などが得意先だ。この市場の目と鼻の先には環状線の天満駅があり、食べ物屋が立ち並ぶ天神橋筋商店街も近い。さらに食べ物屋がひしめく大阪梅田駅には自転車で五分もあれば行ける。白いゴム長に前垂れ姿の俊一は、地の利を得て、揚げては届け揚げては届けという毎日を送る天ぷら屋の社長なのだ。

「なんでどこにもトイレットペーパーが無いんやろ」

「新聞、読んでないのか？」

ない。今のところ買う余裕はない……気もない。

「ラジオは」

ない。京都では寮に入っており、そこにはモノクロのテレビがあった。情報はそれで十分だった。だが一人になるとラジオぐらい必要かもしれない。

「路地の中古屋見ておいで、安いのがあるで」

ビルとビルの間の二メートルもない路地に露天商がいる。多分そこで地面に置かれた格安のラジオのことを言っているのだろう。しかしいくら安くても得体の知れないものは買いたくない。どうせ壊れる。

「使いかけやけど、持ってき」

俊一が天井裏のふちに右指をひっかけて下に飛び降りてきた。

「ありがとう……」

飯は当惑しながらそのトイレットペーパーを受け取った。俊一が使っていたことには目をつぶろう。問題は量だ。これでは田舎に送れない。

俊一は、三角出版社長緒方哲郎の義弟だ。いや義弟であったというべきであろう。緒方は、俊一の姉文子とは正式に離婚しているからだ。にもかかわらず俊一の店にもぐりこみ、その上俊一の所有している三角形の建物を無料で借り営業していられるのは、俊一が中学生のころ緒方に面倒を見てもらっていたことに恩義を感じているかららしい。

「あんたのカミはどうするのや。俊ちゃん」

俊一に声をかけたのは、隣の店から出てきた魔法使いのような鼻をしたおばちゃんだった。年はいくつだろう？　二百歳にぐらいに見える。おばちゃんの店は完全に戸で覆ってあるから潰れた店だと思っていたが、板戸に玉圭と墨で書かれており営業をしているのかもしれない。玉圭のおばさんは卵の入ったざるを天ぷらの小売台に置いた。

「今日のはええのが多かったわ」

というが、ざるに盛られたものは割れ卵ばかりだ。

「おおきに」

俊一は、当然といった顔で礼をいった。

「おれのカミて、トイレットペーパーか？」

「カミやなかったら仏さんかい」

「罰当たるでおばちゃん。ケツ拭くぐらいどうにでもなるがな。紙でないとあかんとみんなが思いつめたんが、この騒動の元や。タオルを使うたらええやないか。洗うたら何回でも使える」

「汚いなあ」

玉圭が顔をしかめた。いや、笑ったのかもしれない。しわの動きの判定は難しい。

「なんでや。赤ちゃんには、おむつあてとるやないか。オレなんか茶碗一つない生活をしたことがあるからなあ。そういう工夫ならいくらでもできる」

そういいながら俊一は、玉圭が持ってきた籠から卵を二個つかむと、飯が受け取ったトイレットペーパーのロールの上においた。

「ひびが入ってるけどおばちゃんとこの卵はブロイラーのやない。地鶏の高級卵や。おいしいで」

「地鶏て……その、こんなところでにわとりを飼ってはるんですか」

「ちゃう、ちゃう。おばちゃんは卵の卸をやってはるんや」

「オロシ？　卵の問屋さん」

今はプラスチックのケースに入った卵が主流になって、子供のころにはあちこちの家で飼っていた放し飼いの鶏の卵は、農家の自家用ぐらいしか生産されない。だがそんな地鶏の卵にこだわる料理人もいるのだろう。

玉圭はちょっと考えるような顔をして飯の手にしたトイレットペーパーを見ていたが、

「ねえちゃん。こんな使いかけのペーパーなんかやめとき。おばちゃんが新しいのをあげるわ」

飯の手から使いかけのトイレットペーパーをつまみあげて、俊一の手に返した。

「俊ちゃん。あんた、まず自分の始末をちゃんとしてから人の面倒みんと、かえって迷惑かけるで」

見かけによらず面倒見がいいようだと飯はおもった。。

「で、社長はどういうてはるねん？」

玉圭の口調が真剣になった。

「え、何が?」

「この騒動やがな」

「ああ、トイレットペーパーのか」

社長とはこの店の屋根裏部屋で寝ている三角出版社社長の緒方のことだ。玉圭は、アル中であっても元大新聞社のデスクだった緒方の意見を尊重しているらしい。

「あ、ああ。この騒動か。石油不安が大元なんやからインフレがひどなるやろて」

「えらいむつかしい話やな。水たまりのカエルに太平洋のことというてどうなる」

俊一は、?という顔をしたが、しばらくして、

「井戸の中のカエルか」

鷲鼻のカエルでも思い浮かべたらしく俊一は爆笑した。

「ごめんごめん。えと、義兄さんは、もし本当に無くなっているのなら他の紙製品も無くなるはずやて言うてはる。例えば水洗トイレ用のは無くなってるけど落とし紙はある。新聞は今までどおり配達されてるわな。雑誌用の紙かてようけあるみたいでまだ売り惜しみもない。政府が乗り出したんやったらトイレットペーパーは二週間後には山積みされるやろて。ただ紙の卸値は跳ね上がるやろけど」

「うーん。鎮まるか……」

「その…トイレットペーパーはどうなってんの。どこへいっても売り切れてて」

「この騒動か？　戦中派の過剰反応と違うやろか」

　飢えが日常だった戦中派は、今の十分に物がある時代を信用していないのだ。

「インフレはインフレやしな」

「まだ騒動は続くと」

「騒動のピークはここ二、三週間とちゃうかというてはった」

　メーカーは在庫を抱えたくない。当然売れ行きをにらみながら生産を調整する。だから今まででも品切れする店はあった。しかし今回は発生場所が悪かった。大阪万博に合わせて開発された千里ニュータウンは欧米風生活様式の実験住宅地帯である。ニューファミリーと呼ばれる若い夫婦が理想とする高層アパート群が整備された緑地帯の中に巨大な墓石のように建設されている。

　しかし理想は、いいかえればそれ以外のものへの拒絶の姿でもある。小さなデマが、あるのに無いという現実を引き起こしたのは、戦前戦後を通じて貧しさを美徳としてきた日本人の生き方へ引き戻されたくない抵抗の気持ちだったのかもしれない。

「助け合いの精神はどこへいったんや」

　飯が嘆くと、

「そんなもの昔からあらへん。無かったら人に頼らんと工夫するこっちゃ、まあええ。つまり、足りてるいうことやな」

　玉圭は鷲鼻に皺を寄せると、俊一たちが前にいることなど忘れたかのように考えごとに没頭した。

お雇い運転手

　それは飯がトイレットペーパーを求めて初めて市場に足を踏み入れたその日の午後六時ごろのことだった。

「そろそろ来よるやろ」

　玉圭はまた市場の裏に歩いていく。借りる約束をした軽トラックの到着が遅れているのだ。手持ち無沙汰の飯も、俊一と玉圭の後に続いた。

　玉圭は、飯が運転免許を持っていると知ると、すぐさま運転のアルバイトとして雇いれた。商品は騒動以来しっかりと玉圭の天井裏に確保されてきたトイレットペーパーだ。玉圭の本業は卵屋ではあるが、ここのところ大量生産された卵が主流となってきたため、売れ行きが落ちてきた卵屋より、同じ丸いものではあるが戦後急成長した遊具であるパチンコ屋という副業の方がよく稼ぐ。玉圭もいい年だし、ここらで隠居でもしようと思ったのだろう。そこでパチンコ屋は息子にまかせ、自分は卵屋兼パチンコ店の雑用係をしていたのだが、そのため玉圭の屋根裏部屋にはパチンコ店用のトイレットペーパーが大量にストックされていた。

そこへこの騒動だ。戦後闇市派の血が騒いだのだろう、玉圭はこれに便乗することにしたらしい。高く売りぬける機会はここ一両日のうちと判断して急遽売りだし隊を組織して千里に乗りこむことにしたのだ。

「なるほどな。自分の店の二階に仏壇がおけんはずや。こんなもんが卵屋の天井裏に詰めこんであるんやから」

玉圭は、ここのところ成天の天井裏に自分の子どもの位牌をおさめた小さな仏壇を置いて、毎日線香をあげに来るようになっている。そのわけがようやくわかって俊一は感心している。

「トイレットペーパーがあるんなら、店のトイレに置かはったらええのに」

なんてとろい男だ。飯は俊一の気の良さに苛ついてしまう。玉圭のパチンコ店にも〈トイレットペーパーはございません〉という張り紙が出ているのだ。

「サービスは慈善とは違う。トイレットペーパーはな、あれは一人につきせいぜい一メートルの計算や。一巻まるまる持ってかれたら大損や。あんたみたいにトイレだけが目的の客もいるしな」

一見善良そうに見える一般市民もそのときになれば知恵が働く。人のものは自分のものだ。だがトイレットペーパーを売るにしても、物が物だ。山とあるといってもたいした収入にはならないだろうに。飯には玉圭のおばちゃんの張り切る気持ちがわからない。労力を計算せず特売日に自転車で一日駆けずり回る専業主婦のようだ。

「なあ、おばちゃん。男て焼きもち焼きかな」

突然の飯の質問に、玉圭は茶色く変色している鷲鼻に手をやった。

「そうや、男はな、棺おけに足つっこんどっても焼きもちだけは焼きよる。男の焼きもちは女よりきついで。おばちゃんの死んだ亭主もなあ、ちょっと若い男と話したりしただけでえらい焼かはったわ。あんたの彼氏、きついんか」

玉圭は飯をのぞきこんだ。この濁った眼のおばはんにも若き日はあったのだ。飯は、トイレットペーパーの入った段ボールを持ち上げながら、

「そやないけどさ。焼きもち焼くいうことは、その人に関心を持ってるいうことやよね」

「なんや、誰かつりあげたいんかな」

この種の話題が好きなのだろう、玉圭は薄暗い蛍光灯の下で頬をゆるませた。

「焼きもち焼かせたら、たいていの男は釣れるで、飯ちゃん。男なんかアユの友釣りより簡単にひっかかりよる。けどな気をつけんとな雑魚も釣りあげてしまうと元も子もない」

玉圭は、にたにたした。

「男は顔でもないし稼ぎでもない」

玉圭は飯の耳元にささやいた。

「俊ちゃんなんかどや。身体は丈夫でよう働く。それに優しい」

「ええ？　成天さん？」

飯は顔をしかめた。確かに三郎なんかよりずっと気楽に付き合えそうだ。気が会うのだろう。しかし好みからすると全くの対象外だ。

「千里か、久しぶりやなあ」

軽トラの荷台から戻ってきた俊一が、飯の段ボールを梯子下で受け取りながら楽しそうにいった。

「オレな、あそこには、万博のとき毎晩走ってたんや」

「万博て……あれ、三年前やよなあ？　走ったて、千里に家でもあったん？」

うふふ、と俊一は謎っぽい笑い方をした。

「ちゃうちゃう。ここにおった。あの道はな、そのころバキューム街道っていわれてたんや」

「なんで」

「あのときな、万博のトイレは汲み取り式やったんや」

「え？　そんなことないよ。うち、見に行ったけど水洗やった」

「うん、使用部分はな。けどそこから地下の槽に溜めとく、いうたら大きな汲み取り式のトイレやったんや」

大阪万国博覧会は、三年前、日本のアジアともいうべき大阪で開催された国際イベントである。大阪府はそんな大イベントをそれまで手がけたことがなかった。それに大阪のすることに中央は冷たい。だから思いもかけない失敗は開催中も次から次に出てきた。そういう失敗の手当はたいてい夜にこっそり行なわれた。その一つがトイレの処理であった。

会場のトイレは水洗だったが、汚水は浄化槽に貯める仕組みとなっていた。ところが、日本全国から押し寄せた観客の落としていったその量たるや、主催者側の予想をはるかに超えた。というか、ちゃんと調査していなかったのだが。ま、調査のしようもなかっただろうが。

「毎晩、汲み取りせんと溢れるほどの量やった」

それでその始末のために俊一はアルバイトに雇われた。だがそれだけならたいした問題ではない。問題は集まってくる日本国民の半数以上は田舎者であることにあった。田舎には、水洗トイレがない。つまり水洗トイレを使ったことがない者がたくさんいるということが、設計を担当した都会育ちのエリートの頭には入っていなかった。そこでそっちの始末もバキューム屋に押しつけられたのだ。

「先に入ったものが流さんと出るやろ。すると次に入った者がその上にまたしよるんや」

「つまってたん」

「あれはつまるなんてもんやないで。ドアの外まであふれ出てるんや。そんなトイレでどうやってやったんかは当時の万博七不思議の一つやったんやで」

「臭かったやろ」

「ゴム手袋に腰までのゴム長にカッパやろ。それに手ぬぐいで覆面してたその上にゴークルかけてな。トイレの味方、ウントルマンや」

「あんた夜にそんな汚いことして、朝から天ぷら揚げてはったんかいな」

玉圭が顔をしかめた。

「おばちゃん。入れるものと出すものを差別したらあかん」

「何いうてんねん。金でもなんでも、入るもんは歓迎されるけど、出てくもんは塩まかれるがな」

そのころの俊一は、なれない天ぷら屋家業に精出していたが、養父を亡くした上、養母まで倒れるという厳しい局面にあって、得意先に逃げられ、同業者にはいびられとアップアップしていた時だ。しかし自分を養子に迎え入れてくれた店を継いで一年もしない間に潰すわけには行かない。俊一はアルバイトをして店を守ろうとした。

「あれ？」

玉圭が、こちらの視線から逃げるように向こうに歩き出した男を見てつぶやいた。

「あいつ、私服やな。だれかつけられてるんやないか。時々見かけるで」

どいつが、と俊一が首を回したときにはすでに男の姿は路地に消えていた。

大丈夫か、サブちゃん。飯の胸が波立つ。

軽トラックが到着したのはそんな話で暇をつぶしていたころだった。

「さあ、運んだってや」

玉圭はパチンコ屋の車のキーをぶらぶらさせながら雄たけびを上げた。

「ご苦労様だね。よっぽど商売が好きなんだなあ」

成天から出てきた緒方があきれたように首を振った。

「うちは、おたくみたいに大きな運が転がってくるんを待っとるわけにはいかんのや。さあ、運んだってや。機を見てせざるは勇なきなりや」

たちまちにして荷台には段ボールが積まれた。道中はその荷台に俊一も積まれていくことになっている。いよいよ行商に出発だ。

「飯ちゃん。ちょっと動かしてみたほうがええんとちゃうか。車ていろいろクセがあるいうし」

俊一が座席に乗り込む飯に声をかけた。だが実のところ飯はそれどころではない。試験場以来の実地研修なのだ。

「……えーと、キーはここで……こう。アクセルを踏んで……うんしょと。あれ？……なんで動かへんのやろ。ア、間違いか。えと、クラッチてこれやったかな……」

「大丈夫か……飯ちゃん」

飯の危険な独り言をききとがめた俊一を押しのけるように、玉圭が助手席に乗りこんだ。

俊一は荷台に乗ることになっている。

「あ、これか」

飯の頭が窓の下のほうに動いた。サイドブレーキをはずしたのだ。その瞬間、車はわっと前進した。

「ブレーキ、ブレーキッ」

俊一がドアにしがみつきながら叫んだ。車は前の店のシャッターの前で急停止した。

よ、よかった。

だが俊一は、次の瞬間異変に気づいて目を剥いた。排気ガスを噴上げて車がバックしたのだ。

俊一はドアを突き放して道端に転がった。その横をすり抜けて車は危機一髪のところで停車した。が、また動いた！　今度は前進だ。

「あかんて、おばちゃん。ハンドル放してっ」

飯の悲鳴が上がる。

と左右にふれる車の前で、行き場を失ったネズミが二匹、ライトで目を光らせながら、なかば気を失っていた。


「うん。なかなかいけるやないか」

「そうでっしゃろ。マヨネーズの中に発酵した鮒の味がまったりとなじんでて、いやいや、最高のゴミバケツ風味になってま」

「ふん。お前もなかなかいうやないか。シリジロ。このエビもなかなかジューシーや」

「鼻と舌にはちょっと自信がありまんのや。成天のおっさん。はりこんでええエビ使てるやないですか。この旨さがわからんやなんて、あのネエちゃん味オンチでんな」

飯は、トイレットペーパー販売アルバイト以来、成天の店番役も兼務するようになっていた。アサキチとシリジロは、市場の隅っこに置かれたゴミバケツに入り込んで、俊一が捨てた試食用天丼を食べていた。その一つは最近イタリアから入ってきたピザというものに似た風味のもの、もう一つは鮒鮨のペーストをたれにまぜこんだエビ天丼だ。俊一は商売の手を広げたいと模索している。そこで試作品を飯に食べさせたのだが、チーズなど食べたこともない飯の舌にはあわなかったのだ。

「あ、そうや。表通りにフランス料理屋もできましたぜ。フランスのチーズも一回食べてみはりませんか」

「イタリアもフランスも食うたら同じや。けどここは大丈夫やろな、トラックは。方向さえわかってたら、あんなもん、ひと蹴りやったんやけどな」

「すんまへん。まさかあの方向に来るとは思わんかったよって」

トラックはともかくシリジロはこの食べ歩きをきっかけに，アサキチに市場の巡回を再開して欲しいと思っている。

「あ、兄貴っ」

シリジロが上のほうを向いて腰を抜かしそうになった。頭の上からを金色に輝く二つの瞳が見つめていたからだ。次の瞬間鋭い爪がシリジロを襲った。

「このくそトラックが！」

振り向きざまアサキチは、後ろ足を蹴り上げて金の瞳の一つを引っかいた。

「ニャンッ」

ネコは悲鳴を上げると、ゴミバケツを激しく揺らして逃げていった。

失敗の原因

おかしい……。

三郎は物陰から白井直子の様子を見てそう思った。直子と学生時代一緒に赤色方面支援派を立ち上げて以来、洗いざらしのカッターシャツに黒いスカートというスタイルの彼女しか見たことがないからだ。いまも彼女の着ている物は黒だ。だがどう見ても衣料スーパーで手に入る類のものではない。

オートクチュールとかいうものじゃないか？

ここのところデパートでは、フランスはパリの有名デザイナーの作品がショーウインドウを飾るようになっている。もちろん法外な値段でだ。

彼女は、表通りに出るとすぐにタクシーを拾った。

おかしい。やっぱりおかしい。

直子がタクシーを使うのは、監視の目をくらませたり誰かと連絡をとらなければならなかったりと、よほど切迫した用事のあるときだ。

だがあんないでたちでか？

三郎は急いで愛車のパブリカを発進させようとした。が、突然パブリカの機嫌が悪くなった。

三郎の愛車は事故車で、以前の所有者がバックミラーに蒼ざめた女が映るといって怖がり、ただ同然に払い下げてくれたちょっとした超能力車だ。そのせいか、ときどきとんでもないところでハンドルがあらぬ方向に動いたり車体がしゃくったりする。三郎は、外に出て車をけっとばした。

直子は、三角出版の三角グラフのレイアウトを請け負っていたが、裁縫もうまいことからスパンコールできらめく安手の舞台衣装をつくる手伝いもしていた。だがここのところよく仕事が入る。そこで実入りのいい衣装の方を優先し、手が空いたところで三角グラフのレイアウトをしたいと申しでていた。そこはセキメン派の収入ともかかわってくることだ。直子の要求は満たされなければならない。そこで三郎は、ふと飯のことを思い出して京都に行き、偶然を装って近づき、飯をレイアウター兼電話番としてスカウトとしてきたのだ。

だがいくら収入が増えたとしてもたかがお針子の収入だ。あんな贅沢ができるほどではないし、仲間の軍資金を預かる直子は、生活費をぎりぎりまで削り、残ったものを資金として提供するのが常だった。

「男か……」

思いたくないが、直子はどんなに目立たない質素な衣服を身につけていても、どことなく謎めいた雰囲気があって、その憂い顔を案じた男の三分の一は助力を申し出る。

「男だ。間違いない」

三郎は、殴るけるの折檻でなんとかいうことを聞くようになったパブリカを発進させて、タクシーの後をつけた。

直子が降りたのは、御堂筋の心斎橋の近くだ。駐車禁止地区だがしかたがない。三郎も車を、黄葉した銀杏の並木の下に放り出してあとをつけた。直子は、何の警戒心も抱かずに心斎橋筋に入っていった。

三郎は急いで後を追った。しかし心斎橋筋はいつでも人でごった返してはいるが、さらにその日は土曜の午後だときている。通りは半ドンで企業から解放された人たちでじわじわと動く人間じゅうたんと化している。

しまった。見失う。

三郎は、いままで一度もなかったほど真剣に直子の姿をさがした。

いた！

幸い直子は、角から二番目のビルに入っていったから人ごみは問題にしなくていいようだ。抜け道がなかったらだが……。

大丈夫だ。入り口は階段になっている。二階は喫茶店だ。黒っぽいガラスのドアを用心深く押して入る。席がほとんど衝立で囲まれていて、ちょっと見には誰がいるのかすぐにはわからない。三郎は、窓際の席でコートを脱いでいる直子を見つけた。ボーイが彼女のほうに近寄っていく。

「いまだ」

三郎は、気づかれないように造花が巻きつけられた衝立に隠れるようにして直子の席の斜めうしろにすべりこんだ。

窓際に腰を落ち着けた直子は、下に見える心斎橋の雑踏を見つめている。注文はしなかったようだ。待ち合わせた相手が現れてからのつもりなのだろう。三郎は間髪いれず自分の前にも現れた支配人らしき年配の男に「コーヒー」と低い声で注文した。

三郎は、近くにあったラックから新聞をとり、それで顔を隠しながらガラスに映る直子を見た。ガラスには直子と一緒に三郎も映っている。しかし直子の興味は窓の外にある。新聞を不自然に上げた三郎には気が付かない。三郎の胸が激しく鼓動を打った。

「おれは、こんなにも直子が好きだったのか？」

直子は同志であって個人的に束縛しあう仲ではないはずだ。

シャンデリアの下、ロココ調の繊細な模様で統一された調度品は、直子の美しさをひきたてていた。そうなのだ。直子に慣れてしまった三郎は、直子が美しいことさえ忘れていた。

いいや、違う。三郎はいつも直子の美しさを意識していた。自分を引き立てる宝石として。けれどあまりにも自分に夢中になっていた三郎は、直子の美しさを自分だけのものとしてみていたのだ。その直子が別の男に心を動かしている。しかも直子の服装からおしはかると相手はかなりの収入がある。三郎は、そう決め付けて狂おしい怒りに体を震わせた。

「直子は、おれよりも金を選んだのか」

生活するのにきりぎりの収入から闘争費を裂いている貧しい現状は、いつか、いつか革命が成就したときに報われるという思いで癒されている。しかし三郎だってそれは幻想かもしれないと思うこともある。ましてやお嬢様育ちの芯の部分が直子から消えるはずもない。それはそれでいいのだ。三郎の最終目標も、革命幹部としての栄達とそれなりの生活、そしてそれに相応しい美貌で貞淑な妻を手に入れることなのだ。

だからこそ今に耐えられる。

というか、現実社会を拒否することで三郎は三郎らしさを得てきた。だがたまには現実を前にくじけるときもある。ふっと疑問が忍び込んできたときに。

直子はどうなんだろう。直子は容貌以外で自分を認めて欲しがっていた……のではなかったのか。

コーヒーが三郎の前に置かれた。黒に近いほど濃い色の液体から香りがたつ。だが今飲めばコンクリートの味がするかもしれない。三郎はポケットの煙草をつまみ出し火をつけようとしてやめた。マッチの火や匂いが直子の注意を引くかもしれないと考えたのだ。

直子の肩が動いた。

直子の視線は、下の心斎橋筋に落ちて固まっている。

三郎の喉はからからだった。立ち上がろうとする衝動が、押さえようとする意志を飲み込もうとしていた。

「相手の男を殺してやる」

震える指がそういっている。

「直子はオレのものだ」

だが三郎のどこかは、そんな自分を呆然と見ている。近づいてきたウェイターが怪訝な顔をして何かいった。三郎は首を振った。ウェイターは引き下がった。

汗が額からにじみ出た。

突然直子が立ち上がった。

直子は、コートを持ったまま、レジの女性に声をかけている。

「ごめんなさい。急用を思い出したの」

「え？」

下に向かって降りていく直子が動かした空気に涙が感じられた。

何が起きた？

レジに立っていた女性も気遣わしげに直子の後姿を見送っている。三郎は直子をおって席をたった。だが三郎はすぐに直子を追いかけて出ることができなかった。コーヒー代を払い、つり銭をもらうために立ちどまらざるをえなかったからだ。

三郎が自分の貧乏根性をののしりながら外に出たとき、直子の姿は心斎橋のどこかに消えてしまっていた。

「誰なんだ。誰と会うつもりだったんだ」

直子の部屋で一睡もしないで待ちつづけていた三郎は、明け方、酒の匂いをさせ、両手にたくさんの買い物袋を持って帰ってきた直子に、飛びかかるように問いただした。

だが直子は三郎を冷たく無視したままコートを脱いだ。

「この袋、金はどうしたんだ」

直子を待つ間、直子の部屋の中をかき回した三郎はいろんなものを見つけていた。

直子は、組織の軍資金に手を出している。いやそれだけではない。それ以上の金を短期間に使い込んでいた。三郎は軍資金では足りないほどの金額が書きこまれた領収書を握りしめて直子を問い詰めた。

「なんのためにこんなに使ったんだ」

直子は煙草を取り出しながら三郎を斜めに見て、

「意外と卑しい根性してるのね。留守中の女の部屋の中をひっかきまわすだなんて」

「直子」

加えたタバコに火をつける。

「サラ金から借りたのよ。心斎橋のサラ金で。組織の通帳を担保にしてやったわ」

「お前！」

仲間を裏切ればどういうことになるかわかっているのかといいたかったが止めた。わかりきっているはずだ。直子は、馬鹿にしたようにタバコの煙を吐き出した。

「葉月にあったの」

「ハヅキ？」

葉月……。三郎は、いやいや記憶の底から葉月祥平の自信に満ちた顔を引きずり出した。いい男というわけではないが、学生時代から金回りが良く派手に遊びまわっていた男だ。学部の二年先輩で直子の恋人だったが就職するとすぐ直子を捨てた。直子は葉月に振られたショックで学生運動に深入りしたといってもいい。

「だけど、あいつ結婚してるんだろ？」

我ながらつまらないことをきいたものだ。葉月はたしか資産家の娘と結婚するために直子と別れたはずだ。

「焼けぼっくいに火ってあるのよね」

直子が薄ら笑いを浮かべて歌の一節を口ずさんだ。

「フフ、消えたはずの……だわ」

「いつだ？」

「三週間ほど前かしら」

「抱かれたのか？」

「ええ」

直子は当然という顔で答えた。確かに抱かれようと抱かれまいと三郎に何かをいう権利はない。直子の関係は同志というだけだ……、愛なんてあまっちょろいもんじゃない。三郎は自分と直子の関係をそう位置づけていた。いつでも組み換え可能なブロックだと。だが三郎はただの男だ。ただの男は逆上する。三郎は自分で気がつかないうちに直子につかみかかると乱暴に唇を吸った。

「やめてよ」

三郎の腕から逃げ出そうとしている直子の目に憎しみがある。三郎は愕然とした。直子は葉月より三郎を憎んでいるというのか。この何年かを同志として、いや愛人として精神的に強く結ばれて地下生活を送ってきた三郎のほうを。

「葉月はね、ずっとわたしのことを忘れたことはなかったといってくれたわ」

直子は、片頬をゆがませて笑顔を作った。

偶然直子とであった葉月は、直子を自分のベンツに乗せて神戸にいった。神戸はさっくり焼き上げたクッキーのような街だ。恋人たちを甘い香りに乗せて歓待してくれる。葉月と直子のカップルは自分たちのためにあるような街で、高級なレストラン、港の見えるバー、そして六甲山のホテルを遊びまわった。

「わたしは……突然恥ずかしくなったの、自分のみすぼらしい身なりが。ホテルのロビーに入って……」

葉月は、そのホテルでかつての恋人であった直子にフランス製のブラウスを買った。いくらするかはわからなかったが直子は受け取った。

翌日直子はデパートに行った。そのブラウスに似合うスーツを買おうとしたのだ。だが気に入ったものは手持ちの金で買えるようなものではなかった。

その時直子は気がついた。自分の時間が、もっとも人生で華やかであるべきここ数年間、実現するはずもない革命ごっこのために空費されてしまったことに。

「赤色方面支援派だって。笑ってしまうわ」

直子は、過去の自分をあざ笑い、そんな幻影を見る原因となった男を憎悪の目でにらんだのだ。

「な、何をいいだすんだ」

笑う？　俺たちの今までをか？

三郎はうろたえた。両親を拒否し社会を否定することで互いに認め合っていた時間が、なにものにも変えがたい充実が、直子の中でどぶに浮いたネズミの死骸のように、存在さえ無視された物体に変わったというのか。何年もかかって強化してきた思想が変わるのにわずか数日しか、かからなかったというのか。

「葉月なんて最低の男よ」

昨日、直子は葉月と約束した喫茶店にいった。そして窓から葉月がやってくるのを見つけた。道を歩く人の肩と肩が触れ合うほどだった雑踏でも、直子は葉月が見えたのだろう。

「彼、模範的な回れ右をしたわ。あの混雑の中で。あれが奥さんよね。女の子を連れていた」

そういいながら直子は笑った。だがその目からは針のような憎悪が、葉月にではなく目の前の三郎に向けられていた。三郎が直子の空費された時間そのものであるように。

直子に会うためにやってきた葉月は、心斎橋の雑踏で偶然妻子と出会い、当然のごとく直子に背をむけて妻子と立ち去ったのだ。

「意気地のない話よ、ほんの少しのことなのに。仕事の約束があるからとか、それぐらいいえばすんだことよ……わたしとの約束を守ろうとするなら。そんなに奥さんて怖いのかしら」

男に最も大事なのは社会的地位と安定した家庭なのだ。安定の象徴はもろい土台の上にある。直子が妻より美しく、妻より愛しいとおもったにしてもそれは、一瞬だけ魅かれて折り取った花に過ぎない。いつでも捨てられる。

三郎は、直子が突然泣き出したことに驚いた。同志として付き合うようになってから一度も泣いたことのない直子が。

三郎は苛立った。直子は食べてしまったのだ。決してもとの世界に戻れない黄泉の国の食べ物を。それがはっきりとわかる。もう何があっても、三郎と直子との間は元のようには戻るまい。

三郎こそ直子を切り捨てなければならないのだ。

学生運動の潜在的な引き金はベビーブーマーたちの就職難だった。家族の期待を背負い、受験競争に勝ち、経済的負担を背中に感じながら上京した多くの青年たちは、学歴にみあう職を手に入れることができないかもしれないと感じていた。親が命を削るようにして送ってくれている学資なのに、将来が展望できない彼らのうめき声は、大学の不明朗な会計の発覚でたぐりよせられ、熱を帯びて糾弾という形の運動を起こした。

だが不満はどんどん形を変え、それが山の斜面の雨を集めた土石流のように一気に下流に滑り落ちたのだ。

滑り落ちながら彼らは我に返った。社会を壊しては自分たちの行き場がない。

やがて社会は白血球がアミーバーを食べるように彼らを丸ごと飲み込み、彼らを企業戦士として再生させた。

三郎も思ったことがある。この数年間の仲間や直子との窮乏生活に報いはあるのかと。

「馬鹿な」

三郎は、凶暴な衝動にかられて直子のブラウスを引きちぎり、唇を奪いながら直子を押し倒して馬乗りになった。激しい直子の抵抗がよけい興奮を呼ぶ。ズボンを片手で引き下げると、下着を剥ぎ取った直子の体に下半身を押し付けた。


「しばらくみんなには伏せておいてやる。その間に供託金の穴埋めをしろ」

三郎は、肩を怒らせて部屋を出たのはそれから一時間ほどあとのことだ。

「もう終わりよね。わたしたち」

ドアを閉めてから直子の声が聞こえてきた。

三郎は、激しい後悔と怒りに襲われて暗い廊下でこぶしを振り下ろした。

「兄貴、この件どないしましょ」

シリジロは自分の説明に何の反応も示さないアサキチを見上げると、

「兄貴、ちょっと……」

後足でアサキチの口髭を強めに踏んだ。

「あッ」

というより素早く動いたアサキチの前脚は、シリジロを床に押えつけた。

「なにさらすねん。このガキャ、オンドレ」

「かんにん、かんにん、兄貴。オレ、兄貴がネズローゼになってるんやないかと」

アホか、といいながらアサキチはその太い脚の下からシリジロを放した。

「おれがそんなものになるわけないやろ。考え事をしとったんや。つまり、オレの死に方についてをや」

「死に方？」

ギョッとしたようなシリジロ見て、アサキチはあわてて訂正した。

「いやそないにオーバーに反応するな。言い方をかえると、その……オレらしい生き方についてや」

アサキチは恥ずかしそうに尻尾を動かした。

「はぁー、生き方なあ。……青春してまんなあ」

安心したシリジロはくすり笑った。

「けどオレは兄貴のそういうところが好きなんや。それでどういう生き方をしはりたいんだす？」

「うーん、それが……わからへんねや。おれはどう生きたらええんや。シリジロ君」

哲学者は顔をくもらせた。

「どうて……せやなあ。兄貴は退屈してはるんとちゃいますか。本来のネズミの生き方ほど兄貴にぴったりのものはおまへんで。毎日が血湧き肉躍る日々や。金物屋のタマやら魚屋のミケやらをコケにし、八百屋の芋をかっさらい、仕掛けられたネズミ捕りの数々をかわして夜ごとの祝宴をはり、ええ女を巡って飽くなき戦いに身をやつす。こたえられまへんで。オレ、もし人間やったらそれこそ退屈で死んでしまうんやないかと思うわ」

「ようしゃべるやっちゃなあ」

アサキチは、シリジロの見解には興味がないらしい。大あくびをするとまたトロリと目蓋を閉じかけた。

「いやあ、けど、兄貴もネズローゼでないとわかってほっとしましたわ」

「どないしょうて、なんやねん、そのネズローゼて」

「もう……前から報告させてもろてますがな。ここんとこ市場ネズミにノイローゼみたいな奴が次から次に出てますのや。ネズミのノイローゼやからネズローゼ……ていうてたんやけど、ここんとこ笑い事やのうなってきて。様子がおかしいやつらが、サツマイモを分けてやっても隅っこにうずくまって動きもしよらんのやら……そのネズ君ライスを食べて自殺をはかる奴まで出てきてますねん。原因を究明したいんやけど目はしのきいたハヤアシやらクロツラやらはええシマでも見つけたんか、断りもせんとどこかに行ってしまいよって、正確な情報がはいらんのですわ。あいつらにはオレ、できるだけのことはしてきたつもりですけど……すんまへん。オレの責任ですわ。おれ、リーダーに向いてないみたいで」

「フーン……そら新しいネコでもきよったんとちゃうか」

アサキチが天満市場を仕切っているのは、ネコをコントロールできるからだといわれている。実際アサキチが市場を仕切るようになって以来、市場の梁の上にネコが現れたことはない。このためアサキチは、市場ネズミ史上の大英雄、ムロアジ時代にネコの首に鈴をかけたと伝えられる鈴かけのチュウベエ以来の英傑だと評価する向きもある。しかしアサキチも年には勝てない。

「へえ。けど、それらしい匂いもないし……」

シリジロはアサキチのトロンとした目に、期待をしぼませながら説明を続けた。

金儲けはいかが？


いきなり貧乏神が三郎に打ち出の小槌で殴りかかってきた。三郎は、

「なんだ、なんだ！」

と叫んで飛び起きた。

「何しとる。ええ若い者が昼日中、こんなところで寝ころがって。働かんかい」

しゃがれ声がして、その声が卵屋の玉圭のものだとわかるまで数秒かかった。玉圭に蹴飛ばされたのが早かったのか、夢を見たのが先立ったのだろうか。三郎はがんがんと鳴る頭に手をやった。蹴られたためではない。

隣で緒方がいびきをかいている。思い出した。ここは成天の二階だ。三郎は昨夜、バルサンをたくという飯に三角出版を追い出されここにもぐりこんだのだ。ネズミのせいでダニがわいたのだそうだ。

玉圭は自分の仏壇に、心がこもっているとは思えない念仏をあげリンをちーんと鳴らした。

「やめてくれよ。おばちゃん。頭に響く」

「何をいうてんね。ここは仏間なんやで、罰当たりが」

三郎は、被りこんだ布団の中で応戦した。

「おばちゃん。仏さんなんかいくら拝んでも何もしてくれないんだぜ。死んだときに迎えに来てくれるって話だけど、見た人はいないんだしさ。来てくれないほうがありがたいってもんだ。だいたい人様の屋根裏部屋に仏さん押し込んどいて仏間もへったくれもないだろうが」

玉圭の仏壇は家族には内緒のものだ。前の亭主との間の子供は大阪大空襲で死んだのだが、再婚した男が強固な浄土真宗信者で位牌も墓も要らない主義だったため位牌が宙に浮いてしまったらしい。

「兄ちゃん。信心はそんなもんやない。まず感謝や。感謝の気持ちを伝えるために仏壇はあるんや」

「子供をあの世にとってったのは仏だろう」

「罰当たりが。あんたには、子どもを亡くした親の気持ちはわからへん。仏さんはいてくださるだけで有難いんや。それよりあんた、今日は早出とちゃうんかいな。マリリンはんが来てはったえ」

「ええ？　もうそんな時間かよ……」

「早寝、早起きが人間の基本や」

玉圭はもう一度リンを乱暴に鳴らすと、年寄りにしてはすばやい動作で梯子を降りていった。

マリリンとは編集長塚まりの愛称だ。由来は、ゆさゆさとつきたての餅のように揺れる胸と尻にあり、ぽっちゃりした顔は美人とはいいがたいが、赤く塗られた唇はヒルのように柔らかにのびちぢみする。たいして知的能力は高いとはいえないが、マリリンにしだれかかられて否をいうおっさんはまずいない。つまりは高い営業力を誇っている。その力を買われて三角出版とはフリー契約で編集長に就任している。

白タクの運転をしていたころこのマリリンにスカウトされた三郎は、カメラマン兼編集スタッフ兼運転手として、どれだけ二日酔いがひどかろうと取材のための運転手は勤めなければならない義務がある。

起き上がった三郎は、足元で丸まっている緒方を見下ろしながら昨夜の営業は失敗したみたいだと思った。懐柔のために持ち込んだ芋焼酎を、緒方からいっしょに飲もうとコップに注がれたが、二杯目以後は覚えていない。

おっさん、けっこう強いなあ……。

三郎は、酒を手土産にして金儲けの話を緒方に持ちかけたのだ。

緒方には金はない。それは誰にもわかっている。だが金は情を必要としている。情で生きている人の周りにはまた違った意味で金が動く、とマリリンにそそのかされたのだ。

三郎が酒を勧めたとき、緒方はすでに酔っ払っていた。

「金ねえ。金とは不思議な存在ですねえ。誰にとっても平等の価値を分け与えてくれるのに、不平等のもとでもある。人間だけに必要なものであって、人間しか理解できないものでもある。でも金自体には何の価値もない。燃やせる紙でしかない」

くだをまく緒方に、そんな話に来たのではないと了解させるところから始めたのだが……、最後まで話ができたのかどうかも覚えていない。

昨日、後味の悪い気分で直子の部屋をでた三郎は、マリリンのマンションに直行した。口直しがしたかったのだ。

三郎は、マリリンのマンションに入るや否や、服を脱ぎながらマリリンを捕まえ、一緒に浴槽につかり、一緒に食事をして一緒にベッドにもつれこんだ。そうすることで直子のあの言葉を忘れようとしたのだ

「わたしたしたちもう終わりよね……」

三郎はマリリンの男ではない。彼女の豊饒な体にはきっと弁財天の匂いがするのだろう。マリリンの周りには銭に青春を吸い取られたような男たちが順番待ちしている……と三郎は思っている。少なくとも三郎にはマリリンが愛人の条件の第一に挙げそうな経済力はない。

「ねえ、いい話があるのよ。やってみる?」

マリリンに裸の胸を押し付けられた三郎の頭は、上ってきた血液でたちまち思考回路を圧迫された。マリリンの儲け話だ。どうせろくなことではないだろう。それがなんだ。人より儲けよう

と思えば悪いことをせざるをえないし、それこそがこの資本主義社会への抵抗じゃないか。

「いいぜ。やってやろうじゃないか」

マリリンの餅のようにふんわりと巻きついてくる体を組み敷きながら三郎は、けっこう本気で言った。

この二月、梅田の銀行ではニセ金庫事件が起きている。銀行の夜間金庫に故障中の張り紙を貼って、別のところにベニヤで作ったニセ金庫を作り、客を誘導したのだ。金庫はうまくできていた。それは思惑通りだったのだが、夜間金庫に放り込まれた札束は犯人の予想を上回っていた。そのためあまりにも残念なことにベニヤの金庫は重みで壊れ事件は未然に発覚した。だがこの事件で誰もが驚いたのは、人が一生かかっても稼げないような金を一晩で稼ぐやつらが大勢いるということだった。

それだけの金が赤面派にあれば、直子もあんな男に惑わされたりしなかったはずだ。

直子の前に、汗など少しも吸っていない利益というものをおいていってやりたい。これはただの紙だ。人々の錯覚による合意の塊だ。こんなものがそんなに欲しいのか、直子、と。

いつものことながらマリリンの話はとらえどころがなかった。だが金の匂いを嗅ぎ取るマリリンの鼻は鋭い。金額はけっして小さくはないがリスクはそれほどなさそうだ。三郎はその話に乗った。経済の裏を良く知っておく必要はある。でないとあのパリコミューンのように、襲うべき社会の敵である銀行の前にバリケードを張ることになる。

社長を使う？

三郎はマリリンの発想に首を振った。緒方は三角出版の社長ではある。しかしどうみたって金を持っているとは思えない。

「違う、違う。わかってないなあ。サブちゃん。彼はね、私たちには手の出しようもない大きな金を動かせるのよ、今でも。いい？　金っていうのはね、虚像に動くの。思惑で動くの。彼の肩書きを見くびっちゃいけない」

緒方の大新聞社の元営業部長という肩書きはまだ通用する。だからこそ三角出版には支援者がいるのだ。それを利用しなければ次のステップはない。三角出版の編集長は踏み台に過ぎない。

マリリンは大きな胸をさらに膨らませて期待を語った。


「行ったかい？」

緒方がせんべい布団を持ち上げた。

「どうも、あのおばちゃんは苦手だよ」

「よく来るんですか？」

「毎日来る。あの人を見てると、誰にでも若い頃はあるなんて信じられないよ。きっとあの顔で生まれてきたんだ。あの人の最初の子どもって、あんな顔をしてたんじゃないかなとか」

だが大事にしているのだろう。仏壇には何やらいわくありげな古い写真もある。

「のろい人形も入ってたりして」

三郎は仏壇の扉を閉めると伸びをした。

「オレ、取材にいってきます」

「オー、気をつけて。シュウチョウのシュザイの邪魔しないようにな」

三郎は、緒方の含み笑いを聞きながら立ちあがり、ついでのように念を押した。

「昨夜の話、考えといてくださいよ」

「え、なんだっけ？」

「もう……造成地の話ですよ。昨夜話し合ったじゃないですか」

「あ、あれね、夢だったのかなと思って。あれね、ふーん」

「悪い話じゃないと思いますよ、短期決戦には」

「どうだろうね。絵に描いた餅みたいに思うけど。あんな田舎の土地を買ったって使いようがないだろう。どうも不動産ってのはサギっぽくていやだよ」

「それは売る側だけの責任じゃないでしょう。買う側だってりっぱな思惑があるはずですよ。商売ってそういうもんでしょう。それぞれの思惑をすりあわしてなりたつわけだ。野原の一軒家だっていいという人はいるでしょう。そうでなくてもその地域の地代があがるという情報を持ってる人もいるだろうし。買った人間の心配なんかしてやらなくてもいい……、ぼくたちは二つの接点を提供してあげるだけで」

「ドライだな、君は」

そうではない。腐ったブルジョアの金を少々わけていただくだけの話だ。

「いや、こんなん、エビ天やのうてコロモ天やないの。詐欺や」

下から飯の陽気な声がきこえてくる。美鈴はまだ来ていないのだろう。

美鈴は、俊一が結婚を承知したあの日の翌日から成天に現れ店を手伝っている。それに対抗するように飯もここのところ成天に入り浸りだ。

成天のエビ天は、本体のエビに箸でコロモ液をかけてたっぷり太らせたものだ。衣の下にシッポがちょこんと見えて、ようやく、なるほど「エビ天」だと納得できる芸術品だ。

「あんな、飯ちゃん。普通のエビ天ちゅうんはコロモが命なんや。いかにコロモを大きくからりとあげるかがウデいうこっちゃ」

美鈴がいるときには決して聞こえてこない大きな声だ。

美鈴とのことは俊一の災難に思える。しかしだからといって飯が恋人づらしてべったりと成天に引っ付き防波堤になることもないではないか。

成天か……。

小なりといえども成田俊一は商店の店主である。見栄えはしないがサラリーマンよりずっと収入がある。美鈴と争ってでも勝ち取るべき価値はおおありだ。そこに飯の参戦理由はあると三郎は踏んでいた。でなければ自分に惚れていたはずの飯がこれほど簡単に鞍替えするはずがない。もちろん飯に興味はないがそれはやっぱり不愉快だ。

三郎の横に這いよった緒方が、差し込んでくる光で宝石箱のように輝いて見える出入り口から顔を突っ込んで下の様子を窺った。

「お、いないみたいだな」

美鈴のことだ。緒方はさらに慎重に下の様子を確かめると、そそくさと階下におりていった。

シッポの巣は天ぷら油の甘い香りが漂う、成天の天井裏にあった。

「ええ女やなあ」

シリジロは、生まれながらの市場の女王といわれるシッポの柔らかそうな腹を見つめていて気が遠くなりそうになった。シッポはここ数年間に百六十を越える子供を産み続けてきた。だがその毛並みやしなやかな手足の動きは、シッポの娘でシリジロの恋女房であるサカゲより悩ましいほどなのだ。

かつて流れ者のアサキチがシッポに一目惚れし、市場のボスであったチクワのブンスケと数度に及ぶ対決の後、シッポと市場というシマを手に入れた話は、語り部たちによってひろめられ、若いネズミたちの血をわかせている。

シリジロの最大の弱点は色気に弱いところにある。シリジロは、シッポがこの市場を実際に切り回している怖い存在なのを思い、気を引き締めた。

「お呼びやそうで……。ご報告がおそなって恐縮ですが、アシボソのことはもうちょっと時間をいただきたいんですわ」

シッポの息子、アシボソが消息をたって十日ほどになる。

「アシボソのことは、もうええ。ほっといたってください」

「そんな、姐さん。それはちょっと冷たいんやないですか、実の息子に」

「でも、かれこれ二週間にもなりますやろ、おらんようになって。もう捜さんかってよろしいわ。アシボソも大人なんやから」

アシボソは、甘えん坊でいつまでたってもシッポの周辺でうろついていた。できの悪い子は可愛いというからシッポの思い入れも深いはずだ。

「けど……」

「ネズミの親子は他人のはじめ。うちは、どの子にも乳離れするときにはそういいきかせてます。あんさんも親の顔なんか忘れてはりますやろ。いつまでも親に甘えてるのは市場ネズミだけですわ」

「はあ、まあ」

確かにシリジロも親が死んでからここにたどり着くまで、何度もあった死の危機を独力で乗り越えてきたのだ。

「苦労しはったてきいてます。けど、それがあんさんの財産や。ネズミ族にはいつ何が起こるかわからへん。ちょっとしたことでくじける子は、はじめからおらなんだもいっしょ。うちは強い男はんが好き。……シリジロはん、どうでおます、一度」

シッポは抵抗しがたい色気を振りまきながら自慢の尻尾でシリジロの背に触れた。シリジロは硬直しながらなんとか一言をかえした。

「ご、ご冗談を」

流れ者のシリジロが、この市場で曲がりなりにも兄貴風を吹かしていられるのも、サカゲというアサキチ・シッポ夫婦の娘と所帯をもっているからなのは、シリジロ自身が一番わきまえている。アサキチの勢力圏はアサキチの精力圏なのだ。

「冗談？　ホホホ。まあそうしときましょ」

シッポは華やかな笑い声をあげたが、すぐに真顔になった。

「今日、来てもうたんは、ここのとこうちが感じてる、なんというか、この市場に漂うてる不安感というか、黒い影いうか、そういうもののことでおます。あんさん、なんにも感じはらしまへんか」

「黒い影でっか。はあ」

「うちの人もなんにもいうてはらしませんか」

「は、はあ、別に……ああ、もしかしたら外来ネズミのことを気にしてはるんやないでっか。あいつら、でかいし黒いよって気色悪いから影に感じはることもあるやろけど、オレらとは異種やし、そんなに増える様子もない。食い物は多少横取りされることはあるやろけど、ここには十分ありますよって、ご心配には」

「そう……」

シッポは小首をかしげたが、

「そうですか。ほな、よろしいんです。お宅らの判断や、うちの取り越し苦労やろ。なんやここのとこ胸騒ぎがして」

女王の様子に目が回りかけたシリジロは、

「ほかに御用がないようなら」

そそくさと退散した。

「シッポ姉さんも、もうちょっと積極的にでな。アサキチ兄貴が別宅をかまえはったのは悪いけど、そこへ押しかけていくぐらいせんと、女として可愛げがないがな。無関心に見えてもこの市場のシマが安泰なんはアサキチ兄貴の力をみんなが認めてるからや。そうやろ」

顔を曇らせるシリジロの背中を優しくなめながら、愛妻のサカゲが笑った。

「お母ちゃん。ここんとこヒス気味なんよ」

「ええ？　そんな風に見えんかったぜ。なんでや」

「欲求不満とちゃう」

ククッとサカゲがのどを鳴らした。額の毛が反対方向にのびて大きくカールしているのがサカゲの名の由来だ。

「オレ、まじめに心配しとるんや」

「ごめーん」

サカゲは鼻を鳴らすと、シリジロの腹に自分の腹をこすりつけ、

「ここんとこうちらの子の方がお母ちゃんの子よりできがええと思わへん。そら数ではかなわへんけど。……お母ちゃんも盛りは過ぎはったんとちゃうか。なあ、あんた、そのうちこの市場、うちらのシマになるんとちゃう？」

シリジロはびくっとした。

「アホなこと。これやから女は嫌やねん。そんなこと十年早いわ」

「いやあ、うちのどこが嫌？」

サカゲはシリジロの鼻先でくねっと体を回すと、

「ここ？　それともこっちかな。うふーん。ひょっとすると……」

シッポで自分の体をつんつんとつついた。

「アホ」

シリジロはサカゲの体に自分の尻尾をまきつけて抱き寄せると、アシボソのこともシッポのことも忘れて優しくサカゲの首筋を噛んだ。

始めの一歩

「ああら。この台、景気いいですねえ」

チューリップが景気よく開いた緒方のパチンコ台を編集長の塚まりがのぞきこんだ。

パチンコ台は間仕切りのない個室だ。それまでは立ちっぱなしの形式だったので客はある程度の時間で退散したものだが、ここのところ台の前に置かれるようになった小さなイスは大幅にその時間をのばしている。やけっぱちのように大音響で流れる音楽にのって玉の動きを見ていれば一時間ほどは互いに人を意識しないですむ。だからその空間を使えば会議だってできるわけだ。今日の編集会議はせまい三角出版ではなくパチンコ屋で行われている。

「腕だよ、腕」

右の指をよどみなく動かして玉をはじく。はじくタイミングで釘に当てる角度が決まるのだ。パチンコの収入で命を繋いでいる緒方は、マリリンに応えながらも集中をきらさない。

マリリンは、天神橋を渡ったところにある大阪証券所に出入りする証券業界紙の記者だったが、前年の大暴落で会社が倒産したためフリーとなり、三角出版などで仕事をするようになった、歳は三十を少し越したところ。ベテランといえばベテランだ。

「はいはい、認めてあげましょう」

しゃがれた声がセクシーだ。それ以上に胸の盛りあがりがすごいが。

三角グラフは広告を募って最低収入ラインを確保した上で出版される。したがって三角出版編集長の評価は広告をいかに多くとるかできまる。そのため緒方はこの男好きのする編集長を雇った。グラフ誌といっても大手の雑誌とは違い表紙にカラーもつかえない貧乏たらしい作りで、内容は中小企業の提灯記事だけ、販売先もおおむね取材に応じたこれら中高年の社長さんたちだ。彼らのこづかい銭をゲットするには最適の作戦だったのが、残念ながら彼女の胸ほど利益はふくらまない。

「日本沈没が、上下巻あわせて記録的な売れ行きだという話ですね」

「らしいね」

この年、小松左京の「日本沈没」が大ベストセラーとなり、石油の輸入がストップするのではないかという危機的状況もあって読んだ人間も読まない者も、日本が今にも沈没していきそうな不安を抱え込むことになった。

「あたしね、あんなものが売れるのがおかしいんじゃないかって思うんですよ」

「そうだね。地球の大陸はもともと一つのものがちぎれてできたという新学説をベースにしてるんだろう」

緒方は読んでいないらしい。

「うん。まあとてつもない説ですけどね。でもあたしが問題としてるのは新学説の方じゃなくて、登場人物の旧態依然の考え方なんですよ。官僚の優秀性や忠誠心が軸なんですよ。戦中派って意外と権力に信頼が厚いんですねえ」

「そうかい?」

マリリンの傍に立って三郎は、マリリンの胸に行きがちの視線を制御するために、くちをはさんだ。

「アメリカの小説だったら、情報を秘密にしようとする権力にたいして、主人公は一人立ち向かう、いう筋立てになるんじゃないですか」

「なるほど……」

ちらりと緒方は三郎を見た。

三郎とマリリンの仲を緒方は疑っているらしい。仕事のたびに車で一緒に行動するのだ。何かあると勘繰られてもしかたがない。気持ちは別として実際そうなのだからと三郎は気持ちを冷やす。

「で、サブちゃんから聞いてもらえました?」

マリリンは厚ぼったい唇をゆがませると、

「え？　いや。特集でも変えるの?」

「そうじゃなくて、造成地の」

「ああ。不動産の話？　そうそう、君から出た話だってね。なんかややこしそうだったけど」

マリリンの話とは、三角グラフで取材したことのある泉南のタオル屋からの打診だということだった。関西電鉄沿線に親戚の者が開発した宅地があって、販売を委託されたのだけれど、タオル屋には不動産を扱う免許がない。そこで三角出版不動産部の名義を貸してくれないかという話だった。

「いい話だと思うんですけど」

「うーん」

緒方は乗らない。当たり前かもしれない。どことなくうさんくさいものが話全体を覆っている感じは三郎も感じてはいる。

「実をいうと、不動産の免許を借りるのに五十万という話で承知してきちゃたんです」

「ええ？　本当なの？　だけど一年ならともかく三日の借用に五十万は……多すぎやしないかい。タオル屋がだろう」

「うん。だからってことも考えられますよ。いまイトヘン業界はたいへんだから。けど本当の出資者はそのタオル屋じゃないんです。タオル屋の話じゃ、それだけそこの土地が欲しい人がいるらしいんです。お金はその人が出すってことで」

「温泉が出るとか，埋蔵金があるとか、そんな噂かい？」

「うーん。くわしくは言わないけどなんかわけありなのは確かです」

「だったら塚ちゃんが地主に直接交渉したらいいじゃないか」

「だから、わけありなんですって」

パチンコ玉の音に消されないように大声で話してはいるが、普通はもう少しトーンを落してしゃべるべき胡散臭い話だ。

「それで、三日貸すだけで五十万まるまる収入になるってわけかい」

とはいえ不動産の免許を持っているのは、てんぷら屋の成田俊一だ。

「うん。……そうなんですけどね」

「だったら俊ちゃんに直接いってよ」

「うん……そうしてもいいんですけど、その……わずか三日のことでしょう。なにも成天さんの手を煩わせなくてもいいんじゃないかと思って」

「ふーん」

緒方は、釘の中を通り抜けて落ちていくパチンコ玉をみつめたままだ。

「本当の出資者は他の土地はどうでもいいわけ。とにかくそこだけをこっそり手に入れたいらしいの。だからその……口止め料としての五十万なんですよ。で、ね」

マリリンは言葉を切ってにっこりした。

「タオル屋さんがいうにはですよ。その金で販売権を抑えて、自分たちで別の土地を売ったらどうかって」

タオル屋の計画は、俊一の免許を使ってより広い土地の販売権を手に入れ、自分たちで客を募って分譲地見学会を催し、でた利益を分けようというのだ。タオル屋は利益の三割をくれといっている。つまりぴんはねだ。タオル屋は昨年の沖縄返還以後、倒産が相次いでいる。金の要る事情があるのだろう。

「そりゃ売れたらいいだろうけど、売れなかったらどうするの」

「あきらめる。どっちみちあたしたちのお金じゃないんだもの。だけど手はあるんですよ」

マリリンは胸が触れるほど緒方に体をよせた。

タオル屋の知り合いには土地を売るプロがいて土地見学会で売ってくれるという。ただし、取り分は利益の二割。それでも利益の五割は残る。その五割をマリリンと折半する。そういう話だ。

「一区画売れても云百万というお金が動くんだから、売上の一割だって何十万かになるってわけ」

「だから売れたらだろう。買う人間がいるとは思えないよ、あんな田舎」

「それが違うの。ちょっとした小金を持った連中がいるでしょう。彼らは小金を有効に活用して増やしたいわけ。それにはなにがいいか。株なんかより土地は堅いじゃないですか。でも都会の土地には手が出ない。そういうときに値上がりするかもしれない田舎の土地の情報があるとする。それって先行投資にぴったりなんですよ。去年百円だったコーヒーが今年は百五十円に値上がりするようなインフレの世の中なんだから利息なんか吹けば飛ぶようなもんじゃないですか、貯金じゃ十年でやっと二倍にしかならないんだもん。やっぱり土地だって、みんな思ってんのよね。そういう人たちが私鉄の造成計画があるという噂を耳にしたとする」

「本当にそんな計画があるのかい」

「あります。なかったら誰ものらないわ。けれどそこは買収用地からははずれているの、近いけどね。先行投資するかどうかは各自の判断よ」

「ま、思いこみが現実を動かすんだから」

ただし販売計画の方に参画するには少々の資金が要る。

「わたしたちはそのために百万作るつもりなんです。まだ足りないけどなんとかするつもり。社長も一口のってくださいよ」

わたしたちとはマリリンと三郎だ。

「成天さんはこういうことにうるさいでしょう。だからなんとかこっそり判子を、ね、いいでしょう。三日間だけのことなんだし、儲かったら少し彼にバックして。そしたら成天さんもそんなに怒らないと思うのよね。それに彼に迷惑をかける話じゃないし」

マリリンが艶っぽく片目をつぶった。

シリジロは市場の梁の上を歩きながら、アサキチを振り返った。

「クソー、あの女、バルサンなんか焚きよって」

梁の上でアサキチは、通路にうごめいている人間を見下ろしながら呟き込んだ。

「けど、兄貴もノイローゼやないかと心配やったからよかったですわ。ほんま、ここのところみんなの様子がおかしおますのや」

「ふん、そういやちょっとおかしいな。臭いが何となく変わってる。新しいネコでもきよったんかいな」

「いいえ、入って来よったんは外来ネズミで。あ、あいつだすわ」

シリジロが、豆腐屋の二階の窓に座り込み、中を伺っているネズミの尻に鼻をむけた。

「えらい、でかいケツやな」

長くて荒い毛にほこりがついていていかにも汚らしい。市場ネズミの中では際だって大きいアサキチが感心するだけのことはある尻だ。おそらく胴体部分はアサキチの二倍はあるだろう。

「船の中でとうもろこし食うてて、気がついたら日本やったという、大まぬけですわ。気の毒な身の上やからと思て大目に見てやってたら、この頃あつかましゅう市場の中にまで出入りするようになりよって。オレが因縁つけてもぼけっとして動きもしよらん」

「相手にされとらんだけとちゃうんかい」

「なにいうてまんのや。あいつらにコケにされてヤオヤのアサキチの代貸しはつとまりまへんで」

アサキチの指摘に反発したのかシリジロは、前足で髭をひとしごきすると、その巨大な尻に立ち向かおうとした。

「おい、無理すんな。お前、震えとるやないか」

アサキチは、シリジロの前進を阻むべくシリジロの前に回り込もうとした。と、その時、外来ネズミの尻に顔がはえた、いや、外来ネズミが振り返ったのだ。

「うわぁっ」

シリジロは前足を浮き上がらせた。

「カモン ボイ」

外来ネズミは真っ赤な口を開けて、歓迎のしっぽを振ったではないか。次の瞬間アサキチとシリジロはぶつかったり落ちかかったりしながら梁を走り降り、市場の出口に突進していた。

「こ、怖かったなあ」

外来ネズミを完全に振り切ったと思われるところまで来て、アサキチとシリジロは柱にすがるようにして笑い出した。

「も、もうあかんと思た」

「お、女もいよったんやなあ」

「見たかシリジロ、あの口」

「ものすごい色気でおましたなあ。ああ、びっくりした。いくら色気があってもああ大きいては」

「もたんで」

シリジロとアサキチはまた涙を流して笑い出した。が、しばらくしてアサキチは笑うのを止めた。

「市場ネズミの男にノイローゼが多なってるて？」

アサキチの表情が厳しくなった。

「へえ、男どもが軒並み」

こんなアサキチを見るのは初めてだ。シリジロは緊張した。

「……えらいことやぞ、シリジロ。これは」

「何がでっか」

「アホ。女に色気を感じたいうことは、恋ができるいうこっちゃ」

シリジロは首をひねった。

「恋かて、……あんなどでかいのとでっか。そんな兄貴、オレにも好みいうもんが」

「アホ、そんなことをいうてんのやない。オレがいうてんのはなあ、あいつらはハタネズミみたいに完全な異種やない、いうことや。……ノイローゼが多いていうとったな。女ネズミが声をかけてくるくらいや、男ネズミもおるはずや。女を手に入れることが男の生きがいや。その女をむざむざとられたとしたら……」

「そ、そしたら……。そら、えらいことですが」

「そや。オレたちは恋するために生きてるんやから」

シリジロはふらふらと歩きだし、またおろおろと戻ってきた。

儲け隊、出動す

造成地に向かう三郎のボロ車の中で飯はご機嫌斜めだった。

「アホとちゃうか。積立貯金用の金をつくるて？　それも郵便貯金やろ。へそで沸かしたお茶で爆弾が作れるわ。政府機関の応援やってるようなもんやないの。過激派やったら銀行強盗せんかいな」

何をいいたいのかよくわからないが、後部座席から飯の背面攻撃は座席に座った直後から続いていた。恋の熱が冷めると女は変わる。飯は三郎に、遠慮会釈なくいいたいことを口にするようになった。ご機嫌を損ねたくない気持ちで過ごしていた今までがもったいないとでも思っているのだろう。

「……サブちゃんは、あたしと成天さんのことを妬いてるんや。三角出版の仕事やとかなんとかいって出張に引っ張り出して……今ごろあたしの良さに気がついても後の祭というもんや」

なんといっても俊一は飯より六歳年上だ。それだけ実生活を長く経験している大人の男だ。三郎とは違い、意見が違っていても決して偉そうにも馬鹿にしたりすることはない。安心感が違う。

勝手なことをほざいていたくせに、いざ気持ちが離れたとなると、今度は人の恋路を邪魔する、男らしくないやっちゃ、と飯は白目をむく。

そう、いま俊一との関係は微妙な時期なのだ。確かに俊一は美鈴と婚約した。しかし、美鈴も俊一が好きで婚約したわけではない。緒方への嫌がらせと、婚約を承知されたことへの意地だけで頑張っているだけだ、と飯は思っている。当の俊一の気持ちは飯にあるのは確実だし、美鈴もそれは承知しているはずだ。そこが俊一に、もういいから、といわれながら成天で働いている飯の確信だ。

しかし美鈴は油断がならない。飯がいない間に、俊一の同情心を煽り立て距離をちぢめるかもしれない。後部座席から飯は、助手席の地肌がまばらに透けて見える緒方の頭と、肩にまで伸びている三郎の髪を見比べながらしゃべり続けた。

「ええ加減にせんと、放り出すぞ」

頭に血が上ると三郎は田舎言葉が出る。

「まあまあ、サブちゃん」

いまは名神高速道路をボロ車で走っているのだ。同乗者としては運転手に興奮して欲しくはない。緒方は懸命に三郎をなだめる。

「どうぞ。歩いて帰るわ。ちょうど一本道や」

高速道路が何か全く理解していない飯は、自分の未練のなさに勝ち誇っている。

「本当にアホやわ」

飯がこのような侮蔑の言葉を感情を込めて吐いたのはこれで五回目だ。

「過激派を郵便局に就職させる算段する親もアホだろう」

もう緒方の前もクソもない。三郎が反論した。

「あのときは、あんたの伯父さんが乗り気やったんや」

ずいぶん前ではあるが田舎で郵便局長をしている三郎の伯父は、もし三郎を連れて帰ってきたら、結婚作戦を応援してくれるといったのだ。伯父は飯の父と親友で、その話は了解済みだ。就職はコネできまる。伯父は、大学を出ている甥に郵便配達はさせたくないが、二年も我慢すれば出世コースにあげてやれると考えている。矢島一族としては、いつテロ事件を起こされるかとはらはらしているよりは良いと思ったのだろう。

それに郵便配達なら誰にも頭を下げる必要はないし、働きも適当に調節できる。気ままな三郎に向いていなくもない。飯も三角出版のレイアウトを請け負って自宅で仕事をやれると計算した。その上で農作業を手伝えば十分食べていける……と、なかなかの作戦を立てたのだが。

だがこの絵に描いた餅は、飯自身によって簡単に廃棄されてしまった。自分でも驚いたが、飯は熱しやすく冷めやすい女だったのだ。恐怖を共有すると恋愛感情が生まれるという。飯は、トイレットペーパーの販売騒動以来、俊一と自分は赤い糸で結ばれているという思いを深くしていた。そこへライバルの美鈴が出現したのだ。飯は新しい恋に燃えていた。

「あんな辺鄙なところの土地、売れるもんか」

飯には場所の見当がついているらしい。

「だから十年後を見通してだ」

「ようい うわ。明日のことさえわかれへんくせに」

三郎が切れかけている。猛スピードで車をくねらせて前の車を追い抜くため、そのつど飯は座席の端から端に転げまわっていなくてはならない。

「なんちゅう運転するんや」

飯が座りなおして抗議する。

「ほら、飯ちゃん、すごいだろう、ほら」

緒方が車の前方を指差した。シートにしがみつきながら遅まきながら飯の機嫌をとったほうが安全なのに気がついたらしい。

「山が羊羹みたいに切り取られてる」

高速道路の特徴は、邪魔立てする山々はすっぱりと切りとって通してあることだ。土木用大型機械が導入されて、とても考えられないような作業が楽々とできるようになった。

「それはそうやけど社長、ここのガードレールは黒なんですね」

飯は、気をそらされやすいタイプだ。

排気ガスで黒っぽく変色したガードレールさえ、初めて名神を車で通る飯にとっては珍しい。日本で最初の高速道路名神が開通して八年たつ。垂れ流しの排気ガスをかまされて煤だらけとなった光景も、初めて見る者には新鮮そのものなのだ。飯が子どもの頃、農家という農家で鳴いていた牛も、もはや飼っている家を探すのが難しいほどだし、馬が車を引きながら遠慮会釈なく馬糞を落としていった光景も、わずかな世代の思い出のなかに保存され、馬糞が吸収されない舗装道路は、主要道路から畦道にまで勢力を伸ばしている。

「あ、見て、見て。あそこに奈良の都みたいな街がある」

排気ガスの霞の中に、まるで屏風絵のなかの市街のように灰色の屋根が整然と立ち並ぶ集落を見つけて、飯が都に労役のためのぼってきた古代人のように叫んだ。

「アホ、奈良があんなに小さいか」

三郎が冷笑しているうちに、タイムカプセルに閉じ込められたような飯の都はたちまちに視界から消えた。そう、今の建築物の規模から推定すれば見捨てられた田舎町で、あと数年もすれば形を変えてしまうだろう。もう昔に後戻りはできないのだ。国民的合意として計画経済が実施されている限り。しかしどんなに綿密に立てられた計画でも、未来という不確定な時間に向かってめくら滅法にのびているだけで、未来のどこに断崖絶壁が待ち構えているかわかったものではない。

「成天さんは知ってはりますよね。今日のこと」

飯が大坂風の敬語を使って緒方に聞いた。

「おかしいな、えらく気にするじゃないか。あんな禿げのどこがいい」

三郎がせせら笑った。

「おかしいのはあんたらや。成天さんによりかかってるくせに、無視して、馬鹿にして」

飯は、運転席の背もたれをバンとたたいた。

「あのおっさんはただのアホや。資本主義の犬や」

叩かれたことで興奮したのだろう。三郎はハンドルを握る手にグッと力を込めた。そのため車は走路をくねっとまがった。パブリカのタイヤは坊主に近い。危ない。緒方は緊張した。

「落ち着け、落ち着いてくれ、サブちゃん。飯ちゃん、運転中に変なことをいっちゃ……」

緒方は、ルームミラーに映った飯に話しかけようとして、息を呑んだ。飯の表情に見慣れない女の面影がダブって見えたのだ。もう一度見た。

「いる！　女が緒方を見ている。いや、そんなことが」

といいかけて緒方は思った。

……いや、いや、これはチャンスかもしれない、おれの生命保険がおりる。


とにかく目的地には着いた。一応は、無事に。

三郎は道路地図を広げて、

「ここに間違いない」

と宣言した。

「でも、造成地やろ」

飯は車から降りたくなかった。確かに草刈が必要だからときいていた。草刈機がこの車のトランクに積まれているのも知っていた。しかしこれは柴山に近い。

「杭がうってあります」

まだ霜枯れが始まっていないセイタカアワダチソウの林にわけいった三郎が、自分の正しさを証明できた気負いをこめて緒方に報告した。

「えらいオタカラや」

飯は溜息混じりにつぶやいた。造成地の仮名称は御宝台というのだ。

その柴山が目指す造成地であることは、しばらくして草の間から軽トラックで現れた地主によって裏付けられた。地主は、

「三人でできるのかいな」

と首をひねった。だが手伝う気はさらさらないらしく、道路の予定地らしい砂利の上に、お茶とアンパンと一輪車を置くと、一箇所だけ売りたくない区画があるとそこに案内した後、また草の間に姿を消した。

確かに御宝台は駅に近い。しかし歩いて十分の距離なるものの感じは個人によって大きく違う。駅の入口はこの造成地にやってきた道とは反対側にある。駅を出てからかなり迂回して踏み切りを渡る。渡ってからがまたたいへんだ。心臓麻痺で倒れても二、三日誰も発見してくれそうもない桑畑にかこまれた道をつめ、小さい神社の脇から農道らしき急坂を一気に登らなければならない。すると妙に平らな場所にでる。そこからが御宝台なのだが、三十分かかってもやってこられない人もいるのではないだろうか。

「考えることが甘いんやて、不動産の商売するのに現場も見てないんやから」

あまりに本当だからさすがにアホやとは付け加えなかったが、その気分をにじませて飯は肩をすくませた。

「車を使ったらいいんだ。車社会になってきたんだから」

「よういうわ。千里の駐車場なんか広場かと思うぐらいガラガラやったで。車使うにしてもオイルショックでえらい経費やいう話やない。ネオンサインも消えて飲み屋も終わりや」

「後ろ向きの考え方しかできないのか」

と過激派珍しく意欲的にはいったが、

「どうする？　サブちゃん」

帰ろうか、と緒方もやる気を喪失している。気持ちはわかる。

「やるしかないでしょう。早くとりかかりましょう。この広さじゃ三日で刈りきれるかどうか」

計画の立案者として三郎は積極姿勢を堅持するしかない。

「うちは嫌や」

飯は、はっきりリタイヤを宣言した。電車で帰ると顔に書いてある。

だが三郎は、飯の顔を正面から見て、薄ら笑いを浮かべた。

「いいぜ。そのかわりお前に借りた三十万は回収できるとおもうな」

飯は目を見開いた。

「それ、どういうこと？」

晴天の霹靂とはこういうことだ。飯は、三日で二万円の借用料を払う約束で三郎に三十万円貸したのだ。しかし、三郎がこのばかげた不動産にその金を投資するとは思ってもみなかった。

「ちょっとサブちゃん。あれはうちが五年かかってためた」

飯は三郎に詰め寄った。

「結婚資金だろ。六万円つけて返してやるよ」

三郎は、スポンサーから借りた草刈機を出すと、一緒に入れてあった手袋や作業着を飯の方に投げた。

飯はしばらくその作業着を見つめていたが、やがてむっつりと灰色の袖に手を通した。負けを認めざるをえない。なんという軽率なことをしてしまったのだろう。人によったら「たった」がつくかもしれないが、あの三十万は給料が一万円もなかった時代からこつこつためた飯の青春の時間そのものなのだ。

三郎は、及び腰の緒方にも草刈機を渡した。

「に、肉体労働かい」

緒方がこわごわと草刈機を受け取った。

「刃を脚に当てないよう気をつけてください。骨ごとすっぱり持ってかれますからね」

草は半端な茂り方ではない。雑草といってもセイタカアワダチソウを始め、クズ、ススキ、その根の深さと強さは雑木の類に引けをとらないものばかりで、焼き畑にでもしないかぎり地面が見えるようになるとは思えない。かつて雑草は食料でもあり、建材であり、さらには最も安価で栄養豊富な肥料であった。かつては一家総出で草を刈り取り田畑に踏み込んだものだ。だが化学肥料が導入され簡単に収益をあげられるようになった今は、農作物の敵と位置付けられるほどその価値を下落させた。

飯は、なるだけ緒方との距離をおいた。モーター音に驚き、刃の回転の激しさに驚き、刃に当たり損ねてなぎ倒されるススキや潅木に驚き、石に当てて驚きしている緒方のそばにいては美鈴の二の舞になる恐れがある。

自然は美しい、などというのは自然を相手に労働したことのない者で、自然はそんな柔なものではない。

とはいえ飯も大きなことはいえない。刈られた草を集めるため地主が貸してくれた一輪車を分担として押し付けられたが、この操作が意外と難しい。それに草を一輪車に載せるには手を使うしかない。切り倒された草の中には、虫はいる、寝惚けた蛙はいる、ネコの死体がある、蚊やネズミが飛びだしてくる。悲鳴の上げっぱなしだ。せめてもの救いは人間の死体がないことだけか。

「それでも百姓の子か」

百姓の血が飯より濃いと自覚してか三郎は叱咤激励するが、飯の知っている田畑は、親たちが汗して草一本無駄にはえていないと思えるほど手入れされたものだ。百姓のお姫様は、そこで働く両親を弁当とおやつ付で慰問し、一緒に食事をして帰ってくるのが仕事だった。

「腰が痛い」

お姫様はたちまちうめき声をあげた。この体力では飯の田舎暮らし計画は悲惨なものになる。あきらめるべきだ。

しかしそんな飯に比べると、逃亡生活を日常としている三郎はなかなかに強い。草刈機は使ったことがないらしいのだが、純正の百姓の血が流れているのか、草の圧力をはねかえす気力があるというべきか、意外に頼もしいではないかと飯は見なおす思いがした。

ただし、それは塚マリリンが到着するまでのことだ。

「なによ、あの坂。まっすぐ立ったら後ろに下がっちゃったわよ」

電車で遅れてやってきたマリリンは、鼻を鳴らして三郎に訴えた。そのうえタヌキと鉢合わせしたという。タヌキもびっくりしただろう。

そのとき飯は、マリリンと三郎の間に独特の馴れ馴れしさを見てとった。

まさか、と思った。マリリンは三十代半ば、三郎より十歳は年上だ。しかし、いや、そうに違いない。見えない糸が明らかに二人をつないでいる。

お相手はあの女ではなかったのか。

いままで三角グラフのレイアウトをしてきたという白井直子は美人だが、飯には単にお高い女に見えた。三郎の直子へのなれなれしげな態度には腹がたちはした。しかし直子はどことなく三郎とは仕事上の付き合いでしかないと、世間にアピールしているところがある。だがマリリンは違う。女から見ると不潔感の塊だが、男は、だからこそ安心して心ひかれる様子を見せる。

「やったのだ。こんな女と」

そう思うだけで吐き気がする。そんな男だったのだ、三郎は。

どんどん三郎が嫌いになる。そんな男に節約に節約を重ねてやっとためた三十万をさらわれてたまるものか。飯は、マリリンと話す三郎をにらみつけた。

マリリンの説明によると、昨日ここの地のチラシを入れたのだが、反響が大きく販売担当員が対応に忙しいため、地主との打合せは直前に変更されたらしい。その好評のチラシのコピーは三郎が書いたものだそうだ。

「誇大広告そのものや」

飯が口を尖らした。

「広告なんてみんなそんなもんだ。……だけどこんなところで売れるのかなあ」

三郎も心細くなっているらしい。

「売れるんじゃなくて、売るの」

マリリンは自信にあふれている。

「すっごくうまいのよ、人を丸めるのが。あたし、あんなに口のうまい人間会ったことないわ」

まだ現れていない販売員のことらしい。

「自分らが丸められんように」

飯は、三郎がなぎ倒した草をまとめながら皮肉りながら、

「それはええけどあっちにへんな看板立ってるよ」

飯が見つけてきたのは『祈りの国道場建設予定地』とかかれた大きな看板だ。看板は、雑草が生い茂り放題の造成地とは対照的によく管理された更地の前に誇らしげに立っていた。

「これは宗教団体だなあ」

緒方が、はや杖の代わりになってしまった草刈機にもたれかかっていった。なるほどわけありの土地だ。旧宗教ならまだしも新興宗教が近くに建物を建てる予定では、イメージが悪くなる。

「引っこ抜くわけにもいかないし、隠したほうがいいか……」

マリリンは、周辺をみまわすと、

「あそこへその草を積もうよ」

ことともなげに飯が寄せ集めている雑草の山を指差した。

「ええ？　また運ぶのー？」

まだ青い草はひどく重い。それを看板が隠れるまで積み上げろというのだ。

飯は、助けを求めて緒方を見たが緒方は知らぬ顔をした。少なくとも社長なのだ。労働は社員がやりたまえというスタンスなのだろう。

「ネコの手よりたちが悪いわ」

「だったら編集長があそこまで運んで、一輪車渡すわ。あたしは草を集めるから」

飯は、敬語を使わなかった。これは不動産部の仕事で、編集長は不動産部の仕事では飯と立場は同等だと判断したからだ。実際、話を持ちこんだマリリンにも平等に働いてもらわなければ筋が通らない。

だがマリリンはそれには応えず、三郎と土地について話し続けた。マリリンの労働はどうも口の周辺で行われるらしい。

「でも私だったら買わないわねー」

一夜にして億万長者を夢見ていたシティガールは、はや意気消沈したらしい。

「タマイチのコーヒーが恋しいなあ」

地主が置いていったやかんのお茶を吐き出して、マリリンは三郎にしなだれかかった。三角出版の向かいにある喫茶店タマイチは、アメリカンなるコーヒーを注文すると普通に抽出したコーヒーを湯で薄めて出すという評判の店だ。

「でも、まあ夕方にはメドがたつでしょう。ねえサブちゃん」

「あんたなあ……。自分でやってみろよ」

さすがにむかついたらしい三郎は、マリリンを押し戻すと草刈機を押しつけた。草刈機に興味を引かれたのだろう。マリリンは受け取ると、体勢も整えずにいきなりスイッチをいれ、反動で浮き上がった草刈機で危うくみんなを細切れにするところだった。肉体派ではあるが肉体労働には弱いのだ。

「さっさと身体を動かさんかい」

飯は、マリリンとの対抗上、さっきよりもきびきびした動きで草を集め出した。一人が動くと他の者も少しは働く。だが、見栄を張って働いているうちにマリリンの姿は消えていた。

「逃げたよ」

三郎が苦々しくいった。みんなの死角に身をおいてそろそろと消えたのだろう。そんなマリリンの要領のよさに感心したときには、三人とも駅にまで様子を見に行く気さえおきない肉体状態になっていた。

緒方がマリリンの濡れ手に粟計画に合流したのは、美鈴に金を渡したら俊一から離れてくれるかもしれないという建前と、とにかく美鈴の姿を数日でも見ないでいたいという本音がごちゃごちゃになった結果であり、だから意識としては今回の不動産の仕事は手伝いに過ぎないと、大変な及び腰の言い訳を頭からひっかぶっている。なにせ緒方は、マリリンの司令通り天井部屋の小さな金庫から成天の判子を持ち出してタオル屋の書類に署名捺印したのだから。

名義を貸すだけのことだし、成天の今月の仕入れはすんでいるから、ハンコを使うようなことはまずないだろう。五日間だけだ。緒方は思いなおした。三日という話だったが現場の調整が入り、五日間に直前に延長されたのも気になったが。

気はとがめていたが、朝早く出て草を刈って、日が暮れてから大阪に戻るという強行軍の中では考えることもできない。

売り出しの前日、マリリンが地主との契約をするため現地に戻ってきた。

「あらあ、ましになったじゃない」

彼女が陽気に発したほめ言葉にをきいて、飯は「刺し殺したろか」とつぶやいた。

しかしマリリンがいたとしてもなんの役にも立ちはしなかっただろう。緒方も草刈の手伝いはしたが、二人の十分の一も働いていない。三日間アルコールを抜かざるを得なかったためふらふらになったせいもあるが。

草のほとんどは、百姓の血が目覚めた三郎と飯が刈った。おかげで虎刈りではあるが格好はつきつつあり、宗教団体の看板の周辺には草の山がこんもりと盛り上がっていた。

「売れるといいね」

マリリンが話しかけたとき、そう願いたい、緒方は心底思った。

御宝台分譲地見学会

御宝台は、三郎と飯の活躍で、ある程度分譲地らしくはなっていた。だが、整地の仕事はずれこみ、売りだしの朝になってもまだまだ大仕事が残っていた。区画にそって縄を張り巡らし、番号札を打ち込み、地主から提供を受けた分譲中というシミだらけの旗をそこここにたて、接待兼受付用のテントを張り、という作業を三人でこなさなければならない。分譲地見学ツアーご一行のバスが滑り込んできたとき、なんとか格好をつけられたのはほとんど奇跡だった。

見学会の大型バスはほぼ満員の客を運んできた。添乗組に紛れ込んだ塚マリリンが満面に笑みを浮かべてバスの中から手を振った。

売り出しの予定は、これから土地が売り切れるまで続くようにチラシにあったのだが、これ一回きりというのがバス代さえままならない三角出版不動産部の販売予定だ。

勝負、という気が、売る側には満々としている。

バスのドアが開くとすぐに、マリリンが飛び出てきた。マリリンはバスガイドのように愛想笑いを浮かべながら降りてくる客一人につき十回ほどお辞儀すると、突っ立っている草刈組にも同じことをするように目顔で指示した。そのとたん、日頃傲慢無礼の三郎までがジャパニーズスマイルのコメツキバッタスタイルとなる。お金様の威力にはだれもかなわない。

当然客たちはそんな社員の動きなど眼中にない。すでに品定めの目線を四方に配る。バスの中ではバスの中での世界が展開していたのであろう。

「ええ、皆様」

背の高い四十がらみの敏腕販売員が磨き上げた声を張り上げた。風にはためくズボンにはいかにも場慣れした感じがにじみでている。

「ここがバスの中で説明させていただいた、お目当ての御宝台でございます。駅から徒歩十分。気候温暖、風光明媚、畑地に転用すれば小判型のおいもがざくざくというところでございます。今日は最初の説明会を記念して、一坪三十万円のところなんと一坪十五万円、十五万円でございますよ。こんなに安いのは今日限り。日当たりのいいところも道路ぎわ、角地、どこでも一坪一律十五万円の大サービスでございます。大阪やったらネコの寝るスペースしか買えないこのお値段。お買い得、お買い得、大変お買い得なこの土地は文字通りの御宝でございまーす。ご希望の土地がダブリましたさいには、早い者勝ちとさせていただきます。テントには銀行の行員が待機しております。頭金をご持参の上ローンをお申込みいただくと、手数料はただとさせていただきます。はい、よろしいか。ようい、ドンで販売開始ですよ。ラインにお立ち下さい。さあさあ早い者勝ちやぁ。よろしいか。ヨウイ」

ドンと男が声を発したその瞬間に客たちが走り出した。大方は夫婦とみえ、年配の男女がいなごのように分譲中の旗がはためく中央道路の周辺に飛び出していく。

「なんやの、あれ」

飯は三郎にきいた。

「うーん。競争意識恐るべきというところだな」

三郎はエビス顔を貼りつけたまま解説した。

「ああ、奥さん、ええ土地に眼えつけはった。さすがさすが。やっぱりまず日当たりや、ここなら最高」

販売員は、声をかけつつ周辺を歩き出した。仮設本部のテントの中には、大阪から同行してきた銀行員が鞄を抱えて座っている。仮契約金はその場で彼が預かって帰ることになっているのだそうだ。なかなか手回しがいい。

「すげえなあ。カモねぎの集団催眠てのを、はじめて見たよ」

確かにこれだけの人が、少しでも条件のよい土地を手に入れようと品定めに熱中しているのを見ると、すごい値打ちものに思えてくる。

「みんな自分の家はちゃんと持ってんのよ、凄いのよねえ、お金を増やしたい意欲って。使わなくてもいいの。あればあるほどいいという、お金中毒ね」

事前に販売員に接触していたマリリンには、この動きは予想されていたものらしい。販売員は大阪を出て三時間、バスの中ではずっと、どのように土地を転売すれば儲かるかという説明を延々続けていたらしい。

「キャッチコピーがこんなにきくなんて。やっぱり宣伝ってきくんだ」

マリリンが三郎をねっとりと見上げた。三郎は、いかにも関西鉄道沿線を電鉄会社が開発しているように広告のコピーを書いただけなのだそうだが、そんなもので人がこんなに動くとは考えもしていなかったという。だが三郎も別に罪悪感を持っているような様子はなかった。。関西鉄道が開発した土地という印象を持つ客もいるだろうが、それでもいいではないか。関西鉄道だからよくて、タオル屋がオーナーでは悪いというものではないだろう。

「オレが元凶かよ」

三郎はにやついている。

「いったでしょう。あんたはカメラよりライターの才能があるって」

マリリンは三郎にしなだれかかった。

チラシ広告一枚で、何百万という金を投入する気持になる人間がいるということが、飯には異様なこととしか思われない。しかし我勝ちに仮契約を結ぼうと銀行屋の前に並ぶ客たちを見ていると、酒も入っていないのに気分が高揚してくる。

そうなのだ。金儲けはいいことだ。貧乏文化の日本に生まれたのだ。この人たちだってそんなに大それた金儲けを考えているわけではない。贅沢をしなくてもいいが、世間並み……よりちょっと余裕のある暮らしを、とだけ思っているに違いない。一年に二度か三度は家族で旅行を、できればクーラーも取り付けたい、車も買いたい……。でも彼らが本当に欲しいと思っているのは安心なのだ。世間の波が少々荒くても心配しないでいい、ちょっとした余裕のある暮らしだ。ちょっとに少々幅はあるが。

参加者のほとんどが手付け金を払って仮契約し、催しは大成功のうちに一時間足らずで幕を閉じ、一行は販売員の景気のいい話を子守歌に大阪に帰っていった。

「人間て興味のつきない生き物ねえ」

というのが三角出版社一同をひっぱりまわした分譲地見学会についてのマリリンの感想だっ

た。

大黒さんが転んだ

「兄貴、えらいこってす」

血相を変えてシリジロが戻ってきた。

「市場の組合の二階の屋根裏が外来ネズミでいっぱいですわ。灯油の臭いがきついもんで、誰も近づかんと踏んでたんが油断でした。あいつらガソリンを産湯に使うそうですわ」

シリジロはプルルルッと体を振ってダニをあたりに振り飛ばした。

「しかも市場ネズミの中で、あいつらに降参したやつらがこっちを見張っとったんですわ。女をとられた上に、外来ネズミのために見張りやなんて、根性なしの役立たずらが」

「そういうたるな。みんなオレの血筋や」

シリジロはすんまへんと小さくなった。

楽しいときであろうと不安なときであろうと、明日は必ず来るものだ。三角出版社のにわか土地成金たちの夢の雲行きが怪しくなりだしたのは、分譲地見学会のあった翌日、月曜日のことだった。

成天にそうした最初の一報を持って入ってきたのは飯だった。

三角出版の事務所に電鉄会社から電話がかかってきて、不動産部の責任者の連絡がほしいということだった。俊一は御宝台のことを知らない。しかし飯は分譲地の仕事が俊一に知らされず敢行されたことで不信をつのらせていた上に、飯の留守中、俊一と美鈴が親密度を増したことに腹を立てていた。そこでその話を緒方ではなく、「不動産部責任者」の俊一に直接連絡したのだ。

「へえ、なんの用事やろ」

俊一が飯の渡したメモの電話番号を回したとき、御宝台騒動の第二幕はあがった。

電鉄会社からの電話で、御宝台の分譲地販売のことを知った俊一は、天井のふちに手をかけると懸垂で一気に天井部屋に飛び上がった。

「義兄さん。なんか分譲地をオレが売ったことになってるらしいけど、なんかしはったんですか」

「いや、俊ちゃん。悪気はないんだよ。俊ちゃんに内緒でこういうことをやったのは、忙しい俊ちゃんをこんなことでわずらわせたくなかったし」

「そんな。そのあとでわずらわされたらどうしてくれるんです」

俊一にしては角のある言い方だった。

「おれの免許をおれに無断で使わはったんですね」

「め、免許ね。あれはあの……マリリンが……」

緒方は口ごもった。マリリンががすすめたのは事実だが話にのったのは自分だ。

「何でおれに内緒にしたんです。利益のことやったら、おれはもらわんでもよかったし」

「いやそうじゃなくて、その……反対されるだろうって」

「反対します。つまり……怪しいてわかってやったんですね」

そんなにはっきり意識していたわけではないが、緒方は小さくうなづいた。

「いや、そりゃ、儲けが大きければ当然リスクは大きいから」

「ほかに何か調べましたか」

「調べるって、何を」

いいながら緒方は青ざめる思いがした。調べるなどと思いもつかなかった自分の能力の後退ぶりに。

「いや、そのマリリンが……その、把握しているようだから」

と逃げたが、逃げ切れるはずもない。

「五十万で免許を貸す？　えらい値段やなあ。オレ大金持ちやんか」

俊一が怒っている。珍しいことだ、と緒方は思った。

「いや、それが、ごめん、俊ちゃん。その……三日間貸せばいいということだったから、その……言わないでごめん」

「その金は？」

造成地の販売権を得る資金に回した。

「いいですよ、それは、もうやってしもたことやから。でもその話、どっかへんや」

そんなにびりびりするなよと緒方は思う。すぐにかたはつくのだ。

「そうかい？　でもお金は受け取ってるしさ」

「どこで？」

「現地で」

「え、造成地でですか？」

「うん。銀行員が預かってくれたから」

タオル屋は、その販売会にあわせて免許を借りる金五十万円を都合し、それをマリリンに託した。マリリンはバスに乗ってタオル屋の五十万といっしょに自分たちがかき集めた八十万を運んできたというわけだ。八十万中五十万はマリリンの出資だが、あとの三十万は飯の金だ。

「そうですか、それならええけど。それで、他の金、印刷代とかバス代とかは？」

「ああ、三角グラフのほうから流用した。百万近くだな」

「ええ？　それスポンサーのお金でしょう」

「うんそうだけど、それは明日にでも返却できるから」

「売れたんですか？」

「うん、すごかったよ。実に売るのがうまいんだ。その場で三十人が十万円の手付金を払ったくらいだもの」

「三百万か」

「それもそのまま銀行員に渡した」

「……その領収書、誰の名前で書いたんですか」

眉を寄せたまま俊一が尋ねた。

「ごめん。俊ちゃん。免許所有者がいいと思ったんでね」

「……おれの名前で？……判子は？」

「ごめん。二階の金庫にあったのを」

「それは……それは、義兄さん。犯罪ですよ」

「ごめん。正式契約が成立したら、銀行が代行してくれるから一週間ぐらいかかると思うけれど、でも終わったら必ず使用料は払うから」

緒方は頭をたれて御宝台分譲の顛末を話した。これで緒方は俊一の信用を失ったことになる。

「そうですか。まあ、いいですよ。なにごともなかったんなら。でもおかしな話やなあ。なんでタオル屋はそんな法外な免許使用料を出したんやろ」

「ああ、なんか、どうしても土地が欲しい人がいて、その人がどうも地主と折り合いの悪いとかで……詳しいことはマリリンに聞いてくれないかな。ごめん。あまりよくわからなかったんだ。不動産のことは」

「なんかややこしいなあ」

「うん、だから、ぼくが借りたようになっている」

「え？　どういうことです」

「……つまりタオル屋がその人の金を預かり、三角出版不動産部ががタオル屋から借金したように書類を作ったってこと」

「おれの名前使って？　ですか？」

「ま、そんなところかな。大丈夫だよ、たいした金じゃない」

「たいした金額ですよ」

俊一は珍しく大きな声をあげた。

「義兄さんはわかってはらへん。一枚五十円の天ぷらから十円儲けを出すのがどんなに大変かわかりますか。十枚で百円、百枚で千円ですよ。それも天ぷら屋はうちだけやない。値引きせんならん時もある」

「わかった、わかった、俊ちゃん。でも手付金だけでも三百万入ったんだ。あとの百万ぐらいはすぐに回収できるよ」

「そうやなくて、義兄さんの感覚には現実感がないということをわかってほしいんですよ。人はね、一万の金で人を殺すこともあるんですよ。俺ら貧乏人にとって金と命は一緒なんですよ」

「そりゃわかってるって。だけど世の中それだけですむほど単純じゃない。命には身体と心がひっついてる。ぼくは今、美鈴ちゃんに心の傷の値段をつきつけられてるんだよ。だからぼくは彼女を札束の山で埋めてやりたい。……周りが見えなくなって不満の探しようがないくらい……さ」

「そんなこといわはるけど、それが反対に転んだときのことを考えてから動いてもらわんと。それで銀行員がその三百八十万円を持って帰ったということですね。うーん。その銀行員の名刺、ありますか。連絡を取ってみます」

俊一は銀行員の名刺を持って下におりていった。

「金が要るんだよ、俊ちゃん」

緒方は梯子から消えた俊一の影に話しかけた。

「それも大金が。少々危ない橋でも渡らなければ……死んだほうがましだよな」

「義兄さん、ちょっと降りて来たって」

下から切羽詰まった声がしたのは、それからすぐのことだ。

恐る恐る下を覗くと下では俊一と車椅子の美鈴が待ちうけている。緒方は胎内から外界を覗いた赤ん坊のように運命の瞬間を感じた。

悪いことが起こったんだ。やっぱり……そんなことになりそうな気はしていたのだ。

「銀行ではそんな名前の人はいてないていわはるんやけど」

俊一は名刺を振りながらいった。

「名刺が間違いいうことはないですね」

「ど、どれ？　いや、確かこれだと思ったけど」

緒方は名刺をとったが残念ながら老眼でよく見えない。

「ちょっと見せてください」

美鈴にいわれて緒方は名刺を手渡した。

「この名刺、おかしいわ」

美鈴が冷たくつぶやいた。

「大坂銀行てなってる」

「そう、大阪銀行だよ」

緒方はいらいらした。なんで美鈴に、別の件でまで責立てられなくてはならないのだ。

「違うの。オオサカのサカが土編の坂になってる」

えっといってのぞきこんだ俊一が、

「ほんとや」

と間の抜けた声をあげた。

「誤植だろう」

緒方は無視したかった。

「誤植？　銀行が銀行名を？　一円足りなくても残業させられる業界で？」

美鈴は冷静だった。

「詐欺と違う？」

緒方は美鈴の告げた最悪の結論を、銀行員を名乗った男の黒い鞄を思い出しながらきいた。

次々と札束を飲みこんでいったあの大きな鞄の口を。

「そんな。ボクのような文無しを詐欺師が狙うはずもないよ」

「けど、よく聞きますよ。落ち目の人間が一番ねらいやすいて」

美鈴は遠慮なくいった。

「動物でも狙われるんは怪我したものや子供でしょう。現におたくは何百万というお金を動かしはった」

「俊ちゃん」

俊一は、放心状態だった。

緒方は冷蔵庫の裏に隠してあった一升瓶を握った。

「金が欲しかったんだよ、俊ちゃん。リスクは覚悟してたさ」

だが覚悟だけではリスクに対応できない。

「悪気があったわけじゃない」

悪気とはなんだろう。この年、女性行員が銀行の金を九億円以上もかすめとり男に貢いだのが話題となった。この巨額の金を彼女が使ったわけではない。男はその金のほとんどをがギャンブルにつぎ込んでいたという。彼女に悪気はない、しかしそんな不正に気が付かなかった銀行もだらしのない話だ。一円足りないと行員を夜遅くまで使う暇があったらチェックをちゃんとしろよと思う。ツボだな、ツボを心得ない奴らが自分の地位を顕示するから銀行という大組織自体が傾いてしまうんだ。緒方のちゃんとした脳にはそんなことが思い浮かぶ。

「だけどさ、俊ちゃん。うまく行きかけたんだ」

緒方は一升瓶を開けて一気にあおると、

「どうしようかね。俊ちゃん」

まるで他人事のようにつぶやいた。


仮契約は翌日にはほとんど全部取り消された。祈りの国教団の道場建設予定地が近くにあることがばれたのだろう。地主が売ることを拒否した土地を取り囲む形で買った三件以外の全員が、仮契約をした時のあの勢いで金を取り戻しにやってきた。詐欺にあったといっても納得はしてもらえない。騒ぎは成天にまで波及しかけたので、とりあえず必ず返すという誓約書を書いてお引取り願ったが、どっちみち月末にはかたをつけなければならない。もう「どうしようか」では収拾がつかないのだ。

思う壺の中

その男に最初に応対したのは美鈴だった。男は愛想笑いを浮かべていたが、その目には食い物を見つけた肉食動物の光がみえた。

「奥さん、大将いてはりますか」

仕事が一段落した十時頃のことである。俊一は切れた材料を仕入れに出かけていない。

「奥さん？　誰に向かっていうてるんや」

てんぷらの配達先を確認していた飯が顔をあげた。

「わたし？　ちがいます」

美鈴がちょっと嬉しそうに応じる。

借金取りだ。

飯は直感した。どことなくまともな事で金を稼いでいない臭いがよれよれの背広からにじみ出ている。それにもう一人、後ろで突っ立っている若い男からは剣呑な匂いがぷんぷんする。

飯は、契約金の返却をせまった客の勢いが忘れられない。単なる従業員である飯を悪人呼ばわりして引きずり回したのだ。また同じようなことがおきないとは限らない。緊張で耳の後からは血がひいた。

「成天さんでんな、奥さん」

「違います」

「違うて、奥さん」

店は成天でも美鈴は俊一の妻ではないといっているのだが、それが男には通じない。俊一はあと一時間は戻らない。

「奥さん。脚、どうかしはったんか？　車椅子に乗らはって」

そういうと男は、せりふを忘れた落語家のように揉み手をした。

「交通事故で、麻痺。そうでっか。若いのに気の毒やなあ。けどあきらめたらあきまへんで。医者がよう治さんて手をあげた病気でも治せますのや。わたしなあ、もの凄い超能力を持ってはる人を知ってまんのや。やってきたときは両脇持ってもらわんと動けん患者さんを、その人がひと撫でしただけですっと立ち上がって歩いて帰らはりますのんや。それ見たらだれでも奇跡やと思いますに。いや、わたしも膝が痛うて、もう寝たきりになるかと思てたときに、教祖のエネルギーをいただいて、こない動けるようになりましたんや。嘘やと思わはるやろ、そら当然や。同じ人間でそんなことができるはずがないもんな。けど人間てえらいもんですに。だれでもな自分の中に治癒能力いうかそういう潜在能力を持ってる。その能力をぐうーっと引き上げる力があるんですな、その方には。ほんとにすごいパワーでっせ。騙されたと思ていっぺん修法の会に参加しはらしまへんか。そういう力がこの世にある、いうんを見るだけでも力がわいてきまっせ」

「けっこうです。わたし、そういうの嫌いです」

美鈴がつっぱねた。

当たり前や。水ぶっかけたるか。飯のこめかみに力が入る。

「そうやろな。わても大っ嫌いやった。けど現にこうやってお陰をこうむって、功徳や思うようになりますのや」

「わたしがこんな体になって初めてわかったことは、神社もお寺もなんの手助けもしてくれんということでした」

「なるほど、そうやろな」

「わたし日本の宗教はみんなただの金儲けやと思てます」

「うん。そのとおりや」

男はあいづちをうった。

「確かにそんなやつらばっかかや。けどあのお方はちゃう。わしも人が信じられんかった。けどあのお方に守られるようになってから、安心しておられるようになったんや。奥さんの気持ちはわかる。でも信じたいでしょう、自分の未来も人も。何が不幸いうて誰も信じられんのが人間の一番の不幸や。けどなあ、奥さん、世の中は人間の力だけで動いているんやない。あんたがここの大将と結ばれたんも、今日わてがここにお邪魔させてもろたんも、やっぱりどこにいはるかわからんけど大きな大きなご意志が働いてる。そんなこと考えはったことあらへんか」

飯は、例の教団だと思った、

「人間はな、自分で気がついてないけど原爆の何倍ていうエネルギーを放射して生きてまんのや。その力を有効に使うたら、不可能と思えたこともどんどん可能になってくんや。奥さんは強い。体が不自由な分だけ心が強いんやろ。けどもっと強くできるんや。修行次第で」

男は畳み掛けてくる。

塩撒いたるぞ、あんたの神さん。

「奥さん、自分の前世を知ってはりますか。いや前世の因縁なんか信じてはらへんやろけど、自分に原因がないという場合は、前世を見るとわかってくることがありますんや。なんでこないな目にあわんならんのか、ようわかりますわ。わかった上で因縁を断ち切ってもろたらたちまち生きやすうなりまっせ」

「うちは奥さんやあらしません」

前世説で立ち直った美鈴は、事務的にいった。

「あら、そうでっか。そら失礼」

魚が網からすべり出たのを感じ取ったのだろう。男は苦笑してきびすを回すと飯にむきなおった。

「ほならお宅が奥さん？」

「うちらは従業員です」

飯は震えていた。こうして口をきいているだけで、どこかあらぬところに連れ去られそうな恐怖を感じる。

「へえ。従業員なあ、よう儲けてはりますんやなあ。いうたら失礼やけどこんなケチな店で」

そういいながら男は店の中に入ってきた。

「なんやの。なんの用事ですの」

美鈴が車椅子で男を制した。だが車椅子は用心棒の手で押し戻された。

「ここの大将が借金しはってな」

「あれは詐欺です」

「うん。なんか気の毒なことがあったみたいやけど、それは手付金を出さはった人には関係ないよって」

やっぱりあいつらの使いだ。

飯はつめかけた客の顔を思い出した。誰が派遣したか知らないが、男はあのときの客たちと違ってにやにやと笑っていながらしゃべる。だがそれがまた薄気味悪い。

「なに、ちょっとだけ見せてもらうだけや。わたしも商売ですよって頼まれたことはせんと。そんなに心配せんでもええがな」

わたしは、こういう者でと、魚の干物のような目を美鈴に向けて、泉南リサーチ社長という肩書きの名刺を飯に差し出した。

「借金したゆうてもたいした金額やおまへん。ああ、わたしは一人やのうて全員の方の代理ですわ。もちろん、もちろんでっせ。ここの社長さんのことや、綺麗に返しはるわさ。心配ない、心配ない」

隠避な笑いを浮かべながら男は、悠然と店内を見まわした。

「天ぷらの卸か、ええ金になるんやろな。店というても見栄を張る必要もないし」

「けど、それおかしいわ」

美鈴の二つの柿の種が吊り上がった。

「ちゃんと調べてください。その件は警察にも届けてあるけど詐欺事件なんです。俊一さんがかぶらなければならない義務はないはずです」

飯もそうだといおうとしたが、心の声とは違い生身の声は喉の奥に粘りついてでない。

「けど義理の兄さんが判子を押さはったんやろ。社長さんもお義兄さんに臭い飯を食べさせるわけにはいかんのと違うか?」

「そんなこと、あんたが決めはることやないでしょ」

美鈴の声が裏返った。

「住居不法侵入や。飯ちゃん、警察呼んで」

いわれて飯は電話に近づこうとしが、ヒザに力が入らない。身体を宙に泳がせて床にへたへたと座りこんでしまった。

「かまへんで、警察でもなんでも呼んでもらおやないか。こっちは貸した金をどうやって返してもらうかの談合に来たまでやさかい」

男がすごむ。

しかし美鈴は怯まなかった。車椅子の背もたれに取りつけてあった四角いラジオのようなものを持ち出すと、

「テープレコーダーや。あんたのいうことは全部テープにとらしてもらいます。裁判にでもなった場合恐喝の証拠として提出するよって」

テープレコーダーがこんなに小さなものになるなんて。いやこんな高価なものを持ち歩いているなんて。飯は美鈴の用意の周到さに驚かされた。

「飯ちゃん、そこの包丁とって」

美鈴は奥に置いてある、エビをさばくための包丁を指した。

「包丁て……」

何をするつもりなのかわからない。しかし飯は、何とか立ち上がるといわれるままに包丁をとった。

「それとこの人に何かもたせて」

「な、なにするの」

「指紋、指紋とるんや」

ねえちゃん。そんなことしたらあかん、危ないといいながら後ずさりしながら、男が聞いた。

「指紋を何につかうんや」

「警察で照合してもらいます。あんたの前科もでるかもわからへん」

「何をアホなこと」

何時の間にか店の前に市場の人間が集まってきていた。だれもが男を睨んでいる。男は見物人に何でもないというそぶりをすると苦笑しながら、出なおしてくるわ、と店に背中をむけた。


シッポの巣は外来ネズミが荒らしたそのままになっていた。子供たちのために集めた布や食べ物も持ち去られて残っているのはほとんどない。それでも生き残った子ねずみがいて、シリジロの気配を感じてチィチィと、か弱々しく鳴いた。鳴かれても母親の乳以外、飢えから助けてやる方法がない。シリジロは気分の悪さに吐きそうになった。天ぷらの匂いに包まれて温かく安全だったシッポの巣がこんなにも簡単に崩壊してしまうとは。

だがシリジロは捜さなければならない、シッポと一緒に姿を消してしまったサカゲを。

「屋根から入ってきよったんやな」

万一の場合のシッポの巣の脱出口はスレート屋根の割れ目にあった。雨漏り防止のためそこに板が打ち付けられているのだが、小さなネズミなら出入りできる秘密の隙間があった。だが今ではそこにネコがくぐれるほどの大きな穴が開いている。

「誰や」

部屋のすみに、生きているネズミがいる。

「アシボソ、お前か」

行方がわからなかったシッポの息子だ。何をするにもとろい奴だが、シッポがかばっていたためたっぷり食べて異様に太っている。

アシボソは泣いていた。

「あいつは嘘ついた」

「あいつて誰や」

「チップや」

「チップ？　あ、あいつか」

アシボソが追い掛け回していた映画館地区の女だ。

「あいつおれのこと好きやいうて……秘密の通路の事を教えたら、おれとよりを戻すて。そやのに……教えたらチップは、外来ネズミを連れて来よって。おれ、怖わて怖わて」

「お前、そいつのためにここを、実の母親を売ったんか」

アシボソは、手足を体の下に入れてぶるぶる震えているだけだ。悪人とはこういう奴だと思った。自分を守るためには親でも仲間でも売る。

「映画館ネズミのやつらか、しかけよったんは。答えい、なにー?、ちゃんといわんか、ボケッ」

シリジロはアシボソを押さえつけた。テレビが各家庭に普及してから映画館はここのところ客足が減り、食い散らかされた菓子の屑を主な食料としていた映画館ネズミの数は激減しているという噂であった。

「何いうてんねん。映画館ネズミなんかもうとうに死に絶えておらへんわい」

「なんやて?」

驚いたシリジロの脚の下からアシボソは逃れ出た。

「アハ、えらそうな顔してここを仕切っていよったくせに何にも知らんのんやな、お前は。ここもどうせ同じになるんやから教えたる。天六でガス爆発があったやろ。あのあと、映画館地区に外来ネズミが入ってきて、残ってるように見えた奴らはみんな混血ネズミや」

「混血?」

「そや。男はみんないらんようになるわけや。外来ネズミに殺されるか逃げ出すかしかない。外来ネズミの手下以外はな。チップも混血やけどチップはただの混血やなかった。ええ女いう以上のもな。何かを思いつめた迫力があって、そやから外来ネズミも一目置いてた。というかあいつらを操ってたというべきかもしれへん。ウウッ、チップ、おれはあいつとなら命をひきかえにしてもよかったねん。ウウッ、チップー」

……混血。

アサキチにも指摘されていたが、シリジロはその可能性を自分のこととは思わないでいた。だが一瞬にしてシリジロの頭は、サカゲに狼籍を働こうとする外来ネズミの図でいっぱいになった。

「サカゲ！」

シリジロはやみくもに梁の上を突進した。

ボロボロ

三郎は、淀屋橋のガス管工事の工務店に乗りこみ、衝立で仕切られたせまい応接室で葉月の現れるのを待っていた。会長の娘婿におさまった葉月はここで常務をつとめている。

会議中と面会を断られたが、会議が終わるまで待つからと頼み込んだのだ。三角出版編集部の名刺が役にたった。

応接室のソファで三郎は、葉月と対決した時の自分のとるべき行動を何度となく繰り返して練習していた。しかし廊下の足音は近づいては通り過ぎていく。退社時間は過ぎている。一般社員が出口に向かっているのだろう。

何してるんだ。

妙な訪問客を社員がちらちらと見ていく。警戒されているのかもしれない。

ここに飛び込んできたときの勢いがしぼんでいく。

おれはこんなに小さな男だったのか、個人的恋愛沙汰ぐらいで取り乱すだなんて。ブルジョアを指弾すると自分に言い訳しているが、おれは単に嫉妬しているのだ。嫉妬という物の怪に自分をのっとられ、動かされている普通の男だ。

直子の部屋がもぬけの殻になっているのを発見したのは、御宝台から帰ってきた翌日だった。

信じられないとはこういうことをいうのだろうか。三郎は、紙切れ一枚落ちていない部屋に立って思った。部屋を間違えたのかと何度も確認した。しかし直子の部屋は、直子ごと部屋と部屋の間に消えたかのように、二度と三郎の前には現れなかった。

なぜだ。なぜ消える必要がある？　直子がつかいこんだ金は自分が何とかするといってある。直子が仲間の糾弾をうける姿を見たくなかったし、なんというか、自分自身もこれで運動にケリをつけたい気もあった。

誰かがかぎつけて直子を追いつめたのではないかと仲間にそれとなく探りを入れてみたが、誰も気づいた様子はない。実家に帰ったのか。いや、直子は学生運動に走ったため家から勘当されている。もっとも継母と折り合いが悪く、その前から不仲だといっていた。直子の性格なら死んでも帰るまい。

アパートの管理人によると直子は二日前にアパートを出ており、荷物は数人の男がトラックに積みこんでいったという。

サラ金か……。

彼らは借金の返済に身体を売らせることがあるときいたことがある。直子は美人だ。金を貸したとき彼らはそのことも計算に入れたはずだ。

青ざめてアパートを飛び出した三郎は、直子との話の記憶をたどって心斎橋のサラ金を見つけ出した。だが直子は借金を返済していた。

「気の毒やったなあ、にいちゃん。あのべっぴんさんがどこへ行きはったんかは、わいも知らん」

高利貸しはわりに率直な男だった。

「あれだけの器量や。おれかてスポンサーさがしたろかと思たでぇ。けどそういう禿げ親父はいくらでもいてるやろ」

直子はそんな女ではない。生真面目で融通がきかない。マリリンとは正反対の性格だ。体を売れとせまられれば死ぬか生きるかまでいってしまう。そういう自分に窮屈なところが三郎との間に溝を生じさせていたのではないか。そんな風に三郎は思う。

もし直子が開き直ったとすれば、あの男にだ。

忘れていた葉月の顔がなぜか鮮明に浮かんだ。

あいつか。

三郎は同級生を装って同窓会事務所に電話をかけ、葉月の勤務する会社をきき出した。

「やあ、お待たせしました」

葉月が、愛想笑いを浮かべて現れたのは、退社時間から一時間もしてからだった。

「三角出版社……さんですか。ガス管工事の安全面での改善についてのインタビュー……でしたね」

天神橋筋六丁目で死者を七九名も出す大爆発事故が起きてから三年。三角グラフにガス配管の改善点と今後の方向性などを特集したいといって、三郎は取材を申しこんだのだ。葉月は煙草を出して火をつけた。

灰色の作業服の下に着こんだ真っ白なワイシャツと高価そうなネクタイが、今の葉月の生活を物語っている。昔から贅沢の匂いを振りまいている男ではあったが。

「いえ」

三郎は自分が用意してきたせりふを忘れた。

「白井直子についておききしたいんです」

葉月は三郎を注視したまま灰皿で煙草をもみ消した。

「なんだよ、君は」

「直子はどこにいるんです」

葉月が腰を浮した。三郎は立ちあがって葉月の服をつかんだ。

「直子をどうした」

「放せ。もうあの件にはケリはついている」

葉月は三郎の手を振り解いた。

「そんなこと取材してどうするんだ」

「取材？」

三郎は、口実に取材を申し込んだことを思い出した。

「これは取材じゃない。おれはあんたが直子をどうしたかを知りたいだけだ」

「直子をどうしたか？」

取材ではないという言葉が落ち着かせたのだろう。葉月は少し余裕を持って三郎に向き直った。

「そんなこと知らないね」

「知らないはないだろう。直子をおもちゃにしておいて」

涙を指ではじいた直子の思いつめた顔がよみがえってくる。

「冗談じゃないぜ、遊ばれたのはおれのほうだ。君はあいつのなんだ、ヒモか？」

ヒモといわれて三郎は葉月をにらみつけた。二人の関係をそんな下卑た言葉で言って欲しくない。

「……そうか、思い出した。君は確か大学で学生運動をやっていた……」

葉月は、改めて名刺に目を落とした。

「矢島、そう矢島君だ。直子を追いかけていた」

追いかけてなんかいない、と三郎は思った。同じクラスで同じサークルに入っただけだ。ベトナム戦争研究会という。

「そうか、あの女にまだほれてるんだ」

「なんだ、その言い方は」

三郎は我を忘れそうになった。

「静かにしろよ」

葉月は、廊下の方をうかがった。直子のことよりも社内での面子が大切なのだ。そんな男なのだ。三郎は情けなかった。直子はこんなコソ泥のような男のどこを好きになったのだろう。

「取材じゃないんだな」

葉月が優秀な男だったのを三郎は思い出した。

「取材じゃないんなら答えてやろう。あの女は、おれに抱かれた報酬に二百万ふんだくっていった」

優秀な男は、直子を街の女のようにいい、右の眉だけをしかめた。

「女は卑怯だよな。あいつも承知の上じゃないか、おれに妻子があるのを。いや、最初からふんだくるつもりだったのかな。ずいぶんみすぼらしい身なりだったからな。あの女にはおれがネギをしょったカモに見えただろうってことさ」

葉月は自嘲の笑いを浮かべた。

「ブルジョアめ、人を金だけで計りやがって。直子はそんな女じゃない」

「そんな女じゃない？　へえ、そうかねえ。まあ、どんな女でもいいがね、おれを強請《ゆすり》りに現れたのは事実さ。もっとも本人じゃなくて母親だが」

「母親？　うそだ。あいつの母親は継母で折り合いが悪かったはずだ」

「実の母親さ」

「実の？　死んだ……んじゃないのか」

「生きてるさ、宝塚で」

知らなかったのか、と葉月があざけるような笑いをうかべた。

「直子の母親は男癖が悪くてな、直子が中学生のとき男をつくって逃げ出した。それが小さな町じゃ大評判で、直子はつらい思いをした。おれたちはその頃出会ったんだ。理不尽な話だけれど高校の校長だった父親は、それが原因で山奥の学校にとばされたって噂もあった」

母親……、そういえば直子はめったに家族を話題にしたことはなかった。とはいっても三郎も実家のことを直子に話したことはない。自分たちは親から独立した存在だからそれでいいと思っていたが。

「そのあばずれの母親が金を出せといってきたんだ。出さなければおれの家に直子との関係をばらすといって」

脅迫を？　あの直子が？　違う。

「しかし、それは、それは母親であって直子じゃない。そうだろう」

「確かめたさ、本人に」

　葉月は母親から直子の居所を聞いて、そこに電話した。直子は宝塚の母親の店にいた。そして母親のいうようにして欲しいといった。そのかわり二度と葉月の前には現れないと約束して。

　葉月の会社を出てから三郎は、ぼんやりと中之島を歩ていた。水銀灯が柳を小粋に浮き上がらせ恋人たちを誘っている。

　直子は、葉月との関係を清算するのに、金を使ったのだ。

　彼女が汚いことをしたとは思わなかった。母親を使ったとはいえ、それは葉月との間に直子が自分で築いた敷居なのだ、二度と葉月に近づかないための。直子はそんな女だ、哀れなほど生真面目で、プライドの高い。

　しかし、では、三郎との間のことはどう決着をつけようとしたのだろう。

　直子とは五年近い付き合いだった。確かに他の女といろいろありはした。しかし変わらず信頼しあって生きてきたのは直子だけだ。その三郎の時間は、その間の思いは葉月との思い出の前には紙くずに等しいのだろうか。

　ラ・ビアン・ローズというのが直子の母親の経営するスナックの名前だった。そういえば学生時代直子はシャンソンがうまくて、よくピアフの歌を歌っていた。直子は母親の元で新しいばら色の人生を見つけるつもりなのだろうか。

母親の店は探せば見つかるだろう。しかし三郎は、直子に電話する踏ん切りがつかなかった。直子は、ああした消え方をすることで、三郎にも別れを告げたのだ。とにかくもう三郎に守って欲しいとも励まして欲しいとも思っていないのは確かだ。

なぜなんだ。おれはできるだけの事をしたし、直子もおれを理解してくれていたではないか。川風が三郎の髪をなぶっていく。

もう愛のかけらも残っていないのか。三郎は直子にそう訊きたい。

だがきけば直子は、残っていないと答えるだろう。そういう女なのだ。自分で決めたことには自分の精神を砕いてまでも忠実に従う。

かけらぐらいはあるだろうさ……。

しかし愛のかけらが残っているとして、それがどうだというのだ。修復する自信は肝心の三郎にもない。二人をつないでいた思想という糸は、互いの誤解がからんでできた実態のないものにすぎなかったのだ。愛が憎悪に変わらなかっただけよいとするべきかもしれない。

三郎にもわかっていた。お互いにもう青春のめくらましに誤魔化される年ではなくなっているのだと。

「ボロボロだな……」

三郎は、頭を振った。

やめよう、直子を追いかけるのは。一番正しい方法は互いに忘れることだ。

そう決心したとたん、三郎は、川面から立ち昇ってくる闇に自分が溶け込んでしまいそうな寂しさをおぼえた。三郎は、自分のよりどころを失ったのだ。信頼も愛も。

誰でもいい、気楽に言葉がかわせる人間がそばにいてくれ。三郎は、駅のほうに歩き出した。

「マリリン……」

三郎は公衆電話のボックスを探した。マリリンの無責任な声がやみくもに聞きたくなったのだ。


外来ネズミが映画館地区に入ってきたのは、万博の年に起きた天六のガス爆発事故の直後らしい。あの大惨事で、下水を縄張りにしていたネズミたちは周辺に避難した。流入も流出も多い商店街ネズミは、あまり縄張り意識が強くない。被災ネズミに同情して、どこでも受け入れたものだ。ところが被災ネズミが捨ててきた事故区に、いつのまにか馬鹿でかい外来ネズミが入り込んだ。だがやつらは追い出すにはあまりに図体が大きい。異種なんだし住み分けのルールさえ守るようならいいだろうと放置しておいたのだという。

「そのうち映画館地区でもオスがノイローゼになり、メスの姿がなくなるという現象が起きたそうです」

シリジロはヒゲを震わせた。アサキチはため息をついて、

「人間との交流をもう少し早めに始めてたら、この危機に立ち向かえたかもしれんが……残念やなあ」

シリジロはアサキチの意見に反論しかけたが、のみこんだ。いまはそれどころではない。

「それで、どないしたらよろしおます」

サカゲのことを忘れていられるならなんでもするとシリジロは思っていた。

うん、とアサキチはうなずいた。だが打つ手などあるのだろうか。

「方法は二つやな。あいつらを受け入れるか、逃げ出すか」

「逃げるて、ここを捨てよといわはるんでっか」

アサキチは自分のヒゲをゆっくりとしごいた。

「あいつらと互角にでも戦えるものがいてるか」

シリジロは期待をこめてアサキチを見つめた。

「オレだけでは無理や、数が多すぎる。総力戦になる場合、リーダーとして勝ち目のない戦はやれん」

「ならどこへ行けと。商店街にでっか」

「いや、商店街はもうほとんど占拠されとるやろ。逃げるとしたら大田舎や。我々は粗食でも平気やけど、大食漢の上に贅沢な外来ネズミは田舎にまではこんやろ。その点だけやな、在来ネズミがあいつらに勝ってるのは」

シリジロはうめいた。そうはいってもその粗食の何たるかを知っているのは市場ネズミでは流れ者だったアサキチとシリジロぐらいだ。

「……純粋種を守るとしたらそれしかない」

「そんな、何もかもとられて、田舎で生き延びられるかどうかわからへんやないですか。そんなら ここで戦こうて死んだほうがましや。玉砕や」

「そうしたかったら、そうせい」

アサキチが穏やかにうなずいたのをみて、シリジロは無力感に襲われた。その威圧感で他のネズミに意見を挟ませたことのないアサキチが、あきらめ切っているのだ。

「そんな、兄貴。そんな……そんなに急いで決めんでも」

「お前なあ……。この状況でもなんとかなると思てんのか。まあ、お前の状況判断を甘うしてしもた責任はおれにあるが。ええか、逃げ出すのを急ぐ理由は男にある。あいつらは女に危害はくわえん。それに女いうもんは強い方につく。大昔からずっとそうして生き延びてきたんや。様子がわかってきたら、今はこっちについてる女も、むこうに走りよるやろ。急がんと男どもがみんなやられてまう。お前もや、シリジロ」

「そんな。……サカゲは？」

「あきらめるこっちゃ」

「兄貴の娘でっせ」

「……シッポもあいつらのもんや……。そんなもんやろ。女ちゅう生きもんは」

うんざりした表情であった。

「強い者を選ぶんは女の権利や。女を責めたらあかんぞ、シリジロ。とにかく他の残りたいものは残ってよし、逃げたいものは隣の運送屋のトラックに分乗してここを出てくということで連絡してくれ。残ろうと出てこうと運まかせしかあらへんが」

アサキチはそういうと顔を後足の間に埋めてそのまま動かなくなった。


成天では天ぷらを揚げながら論争が続いていた。

「まだマリリンとの連絡がとれないのかい」

事件の発端となった儲け話を持ち込んだマリリンが姿をくらましている。

「タオル屋から五十万返してくれって言ってきてるんだよ。マリリンの話と違うじゃないか」

三郎は、うつむいたままだ。

「確かに借用書は書いたよ。だけどあれはタオル屋の事情で、ボクは偽装に協力しただけだったんだろ。とられたからぼくに返済を要求するってのはおかしいじゃないか」

「マリリンは知ってたんとちゃう?」

飯はもうマリリンを編集長とは呼ばない。

「誰もマリリンとタオル屋の交渉を見ていない。タオル屋の事情もマリリンに説明されただけなんやろ?」

「だけど、マリリンも五十万出したんだよ」

緒方はまだマリリンを信じている。なぜこんなにも理解が遅い。飯はいらだちを隠せない。

「どうせ男からひいてきた金や。そんな金とうちの三十万が一緒にされてんのや。ほんまにもうたまらんわ」

と、三郎を見る。

「とにかく、成天さんの判子を無断で使わはったのは社長なんや。それがなかったらこんな動きにはならなかったはずです。わかってはりますよね」

「そうだったかな……」

ショックを受けたせいかアルコールのせいか緒方もそのときの細かい言葉遣いなど思い出せな

いようだ。

「そうなんでしょう」

飯が刑事のような目をして緒方を追い詰める。

「覚えてないんだよ、もうなんにも」

緒方は肩を落とした。悪気はなかった。しかし緒方が仏壇から俊一の判子をつまみ出したのは事実なのだ。

「なにしてんのや。仲間内でもめてる場合かい」

玉圭がはいってきて全員をみまわした。

「いい加減にしいや、みんな儲けたいからこの話に乗ったんやろ」

「ほんと、みっともない話やこと。甘い話はな、世の中を甘く見てる人間が引っかかるのよ。そんな簡単な儲け話なんてあるわけないじゃない」

美鈴が奥の椅子に腰掛けてエビの皮をむきながら冷たく論評した。緒方は、うらめしそうに美鈴に視線を向けたが、すぐに下を向いた。

「俊ちゃん、卵……どこにおこ?」

玉圭が表で笑った。狭い店内に大人が計五人、成天の店内で商売道具に挟まって立っているのだ。

「おおきに、おばちゃん、そこにおいといて」

これ以上口論の人数が増えるのを警戒してか俊一は顔も上げない。

「警察はなんかゆうて来よった?」

飯が肩をそびやかした。

「こんな事件は大阪では一日二百件も起きてるんやて。民事には警察は不介入が原則やよって、自分らで何とかしなてさ」

「民事て、詐欺やないか。なにが原則や。居眠りして給料もらうのがあいつら原則や。能力給にかえんかい、なあ俊ちゃん」

玉圭の出現がうるさかったのだろう、俊一は手をとめると、

「美鈴ちゃん、トイレええか」

と後ろを振り返った。

「あ、お願いします」

美鈴が小さい声で応えた。

何でもないことがこの二人には大事の行事なのだ。緒方が暗い目で二人の動きをおった。

美鈴はポータブルのトイレを近くにある俊一のアパートに置いて使用している。ここのところ美鈴の母親は美鈴を成天に送り迎えするだけで、トイレの世話さえ俊一に頼んでいる。結婚を前

提の付き合いだから非難するわけにもいかないが。

とにかく二人の結婚問題は鬼門だ。以前そのことに触れたら俊一が珍しく激怒した。

「おれのことはほっといてください。おれがええというたんやからええんです」

だがそういわれても緒方は引き下がれない。俊一は別れた妻の分身だ。少なくとも自分が彼の不幸の原因になるわけには行かない。

俊一が美鈴の車椅子に手をかけた。

「ああ、俊一さん、ちょっと待って」

美鈴は車椅子を押そうとした俊一を止めた。

「飯ちゃん、電話とって、タオル屋の電話番号も」

「かけるの？」

意外なことだが、例の侵入事件があって以来、飯は美鈴と親密度を増している。飯はタオル屋の番号を回すと受話器を車椅子の美鈴に渡した。コール音が二回ほどし先方が出た、女だ。

だが、その声に応えて美鈴はとんでもない名を名乗った。

「もしもし、こちらは祈りの国教団ともうしますが」

受話器の女の声がひどく興奮した調子に変わり、電話は美鈴が一言も言わない前に切れた。

「なんやったん？　美鈴ちゃん。なんで祈りの国ていうたん？」

美鈴は、受話器を受け取って問いただす飯にちらりと目をやったが、首を捻じ曲げて俊一の方を向き、

「タオル屋さん、やっぱり祈りの国の信者みたい」

と報告した。

電話口に出たのはタオル屋の奥さんだった。祈りの国教団の者だと名乗った美鈴に、奥さんは半狂乱になり、うちにはかまわないでくれといって電話を切ったという。

「宗教か……」

俊一ははゆっくりと車椅子を押して出ていった。

あ、と飯がつぶやいた。

「そういえばあの男も、宗教関係者みたいやったよね」

成天の内部を見せてくれといってきたときあの男は、美鈴とそんな会話をしていた。こんな店をかたにとってもしかたがなかろうと高をくくっていたが、信者なら命じられれば天ぷら屋のような仕事も喜んでやるだろう。

「美鈴ちゃんて頭ええなあ」

飯は電話をもったまま二人を見送って、しょんぼりとつぶやいた。

「うちは成天さんに何にもしてあげられへん」

「アホなことを。そんな風に卑下してると貧乏神がとりつくで」

飯がひいきの玉圭は縁起を呼び込むようにパンパンと手をうった。

「物事はなんでも良えようにとらんとあかんえ」

「でも最低やんか、変に欲をだして詐欺事件にまきこまれたんや」

飯が自嘲的にいった。

「それはそうやけどな、あんたらが詐欺をせんで良かったやないか」

玉圭は店の中を見渡していった。

「あんたらは、詐欺まがいのことに手をだした。もしこれで濡れ手に粟の思いをしたんやったら、あんたらほんまもんの詐欺師になったやろ。失敗して良かったんやで」

俊一が異常な行動にでたのはその日の夜のことだった。誰に相談することなく、かつて世話になったやくざに金を借り、タオル屋と仮契約の客に金を返したのだ。

アサキチは、三角出版のトタン張りの屋根から三十センチ間をあけて広がっている市場のスレートの屋根を見つめていた。

ここに流れてきたのは何年前だったたか。

若いアサキチは、毎日たくさんの食べ物が運びこまれる市場の豊かさに、ここは天国かと思ったものだ。しかし当時の市場をしきっていたチクワのブンスケは流れ者が嫌いだった。それにアサキチも頭を下げることができない性格だ。長居していては衝突が起きるのは目に見えている。

最初は旅の疲れを癒すだけの間だけで、騒ぎは起こさず退散しようと思っていたアサキチだが、しつこい嫌がらせを受けて気が変わった。そこでこの三角の建物に居座りを決め込んだのが市場とのかかわりの最初だった。

チクワのブンスケとの間に決定的な出来事が持ち上がったのはそれからひと月ほどしてからのことだった。それまでは手下をけしかけているだけだったブンスケがアサキチの前に自ら現れたのである。ブンスケは歯をむき出してアサキチに出ていくよう要求した。アサキチより大きなブンスケにすごまれれば、たいていのネズミは震え上がる。だがアサキチにはその高圧的ないい方が癇にさわった。

「あいにくでんなあ。おれはようても身体がいうこときよらんよって」

その一言を合図に手下たちが飛びかかってきた。

アサキチは適当に相手をしながら市場の屋根に飛び移った。屋根から梁に、梁から商品の中と縦横無尽に走りまわり、相手を一匹ずつに分断しながら戦いを進めていく。

喧嘩ならお手のものだ。しかし相手は次々に新手を繰り出してくる。人間も立ち騒ぐ。

「ええい、うるさいわい」

さすがに疲れてきたアサキチは、屋根の上を移動して少し下にある細い梁の上に場所を移した。もともとそれほど市場に執着があったわけではない。暴れて、ある程度気が済んだら、屋根を伝って退散する、という計算だった。

屋根の脱出口もすでに調査済みだ。梁の上で何匹か片付けたあと手仕舞いにかかったアサキチは梁から八百屋の看板に飛び移り、そこから屋根裏にまで駆けあがったのだ。

「きゃっ」

という悲鳴が上がって女ネズミたちが四散した。そしてそこでアサキチは麗しのシッポに初めて出会ったのだ。しなやかな姿態につぶらな瞳。立ち騒ぐ女たちの中に立って、身じろぎもせずアサキチを睨み返す強い気性。一目ぼれだった。アサキチは勢いでその美しいネズミを押さえ込んだ。そこへ追ってきたブンスケが現れたのだ。

「おんどれ、おれの女をどないする気や」

その瞬間アサキチは逆上した。

可哀想や、と思った。このきれいな女が欲張りで意地悪で乱暴なデブネズミと喜んで一緒になっているはずがない。

「へへ、何や、その顔は、ほれたんかい、市場の女王に。ええ？　どぶくさい臭いをさせよって」

アサキチの気持ちを見透かしたようにブンスケがいった。

「シッポはこのシマがいただく冠や。つまりはここのボスのもんや」

「なんちゅうことをいいくさる」

シッポの気持ちはどうでもよかった。

開放してやる、とアサキチは決意した。この美しい女をブンスケから解放してやるのだ。死んでも負けん。

こうして市場ネズミの歴史に残るヤオヤのアサキチとチクワのブンスケの八百屋の辻の決闘が始まったのだ。

アサキチは初戦になんとか勝った。

「わたしは市場の女王です。女王は勝者のものでおます」

それがシッポのアサキチへの挨拶だった。だが市場にはブンスケの手下や子供たちがひしめいている。シッポを手に入れても居座るには危険がありすぎた。しかしアサキチは市場にとどまった。シッポがどんなことがあっても市場から出て行こうとはしなかったからだ。

アサキチは自慢の毛皮が抜け毛でまだらになるほど市場の掌握に力を注いだ。間もなくしてアサキチは誰からも、市場を仕切る者として認められるようになった。しかしアサキチ自身はそれを喜べなかった。生きるのが楽しいのは互いに気持ちが通じ、互いにいたわりあうことができる関係があるからではないか。アサキチと一緒になってもシッポは市場の女王としての立場からしかアサキチに接しようとはしなかった。

アサキチは今まで何度もブンスケの最後を思い出した。何度か返り咲きを狙って襲ってきたが、すでに最盛期は過ぎていたブンスケは戦うたびに力を弱らせ、そんなブンスケからは手下も子供たちもだんだん離れていった。それでもブンスケは市場の片隅に生きており、アサキチも目をつぶっていた。そんなある日、アサキチはネコがブンスケの死体で遊んでいるのを見た。

「ああいう日は誰にも必ず来るんや」

アサキチはじっと少しずつ夕焼けてくる空を見ながら溜息をついた。

「兄貴」

後から声がかかった。

「脱出作戦は終了しました」

「ご苦労やったな」

アサキチは振りかえって、シリジロとその後に控えている五匹の若ネズミたちにうなずいた。

「おまえらも行け。後はオレが何とかする」

「わいらはここに残ります」

思いつめた六匹の視線がアサキチに注がれた。

「いっしょに死なせてください。市場ネズミの最後の打ち上げ花火でっさ」

「アホが、行けいうのに」

アサキチは決死隊に背中を向けた。

「残ります」

若いネズミがアサキチの背中に向かっていった。

「女の薄情さに絶望しました」

「華々しく散ってきます」

「兄貴、いっしょに」

みながアサキチの背中に向かって口々に話しかけた。

が、シリジロはアサキチの一番ひげがかすかに動いたのを見た。

何か起きる。

シリジロは緊張して市場の屋根にひげと鼻の全神経を集中させた。

突然シリジロの全身の毛がハリネズミのように立った。

シッポの巣の上の穴の当たりから何かが。

「サカゲ！」

そう叫んだのが早かったのか屋根を飛び越えたのが早かったのか。

「あんた！」

シリジロにはまっしぐらに自分に向かって走ってくるサカゲの姿しか見えなかった。サカゲの後には数匹の娘ネズミが続いていた。だがその後から外来ネズミの太い腕が娘たちに迫っている。

「何しくさる」

アサキチが外来ネズミの喉ぶえに噛みついた。外来ネズミは大きく回転して若ネズミの前に転がった。いっせいに若ネズミがとびかかる。

「落とせ」

屋根から落とせと命じるとアサキチはもう一匹のほうに向かっていく。シリジロは若ネズミが押さえた外来ネズミのしっぽをくわえると力いっぱい屋根の端に引っ張った。

「それっ」

外来ネズミが屋根の上から姿を消した。戦って勝てるかもしれない。アサキチの活躍を見てシリジロに希望が湧いてきた。シリジロは、アサキチに鼻先を噛みきられた外来ネズミがこちらに転がってくるのをかわすと、えいとばかり下に向かって蹴飛ばした。

「二丁上がりじゃあ」

勢いづいた若ネズミが歓声を上げた。最後に現れた外来ネズミはアサキチに目をやられて屋根裏に落ちたらしく、それで襲撃はとまった。

「おとうちゃん」

サカゲがシリジロの腕の中で震えながらいった。

「おかあちゃんが逃がしてくれはったんや、うちが戻りたいというたら」

シッポの巣が襲われたときシッポは周囲の女たちに外来ネズミへの抵抗を許さなかった。シッポは市場ネズミを一匹でも守るのが自分の義務だといいきって、赤ん坊を置き捨て、外来ネズミのいうままに女たちを誘導した。

「……義務な、そうか、あいつは女王の義務の塊やでな」

アサキチがつぶやいた。

「外来ネズミ自体は少ないんよ、多いのは混血の兵隊や。おかあちゃんとチクワの親分の間に生まれた子らが外来ネズミと混血したんやて。おとうちゃん、知ってはった?」

初耳だった。チクワのブンスケとシッポの子供たちが映画館のほうで生き延びているのは耳にしていたが、気にもしていなかったのである。

「そうか……。ブンスケの血筋のものがおるならシッポもそんなに肩身の狭い思いはせんでええわけや」

「そんな。……おとうちゃん、おとうちゃんはどうなん」

サカゲは夕陽に目を赤く光らせた。

「おかあちゃんは、どうでもええの」

アサキチは答えなかった。

「おかあちゃんはそう思てはる」

サカゲのシリジロへの気持ちを知ったシッポはうらやましそうにいったのだという。

「うちらはお互い一度も気を許しおうたことはなかったて」

「シッポがか？」

アサキチのヒゲが震えた。しかし、

「……そうか」

アサキチの答はそれだけだった。

「さあ、お前らも行け」

「行けて、どこへ。どこへでも行きまっせ、命令してください」

若いネズミが息巻いた。

「どこでもや。せっかく娘らが戻ってきてくれたんや。守りきって生きるんがお前らの使命やろ。それがこれからのお前らの戦いや」

「おとうちゃんは？」

「ヤオヤのアサキチが田舎で老いさらばえては絵にならんわい」

早く行けとアサキチは首を振った。

「ヤオヤのアサキチの死体がどぶ川に浮かんでたときいても、息のある限りはアサキチらしい生き方をした、そう思といてくれ」

夕陽がすべてを赤く染め、夜に主役の座を渡そうとしていた。

「でも」

「ぐずぐすせんと行かんかい」

アサキチは真っ赤な口をあけて仁王立ちになった。

真相

俊一は、やくざから三百万借りた。しかしなぜやくざからなのだろうか。飯は俊一の意外な一面を見たような気がした。

「祈りの国が仕組んだかどうかはわからへん。けど宗教がからむとややこしいことになるからな」

というのが俊一の説明した理由だが、今ひとつわからない。やくざの方が怖いではないか。

「やくざていうけどな、あの人は昔のやくざでな、足や手がないとか、借金抱えて逃げ回ってるとか、そんなに悪いことをしたわけやないけど職がない、そんな吹き溜まりみたいなところにかたまってしまう奴らの保護者いうたらなんやけど、そういう人や。俺も昔世話になった。それに……今は引退してはる」

「でもやくざなんや。やくざのやり方でお金を借りたんや」

「うん、まあ、特別に」

「なんでそんなこと」

「あんな、飯ちゃん、やくざの方が銀行より優しいんや」

俊一がそのやくざとであったのはまだ中学生のころで、俊一と成天の養子の話も取り持ってくれたらしい。

「おれは……とにかく、この店は絶対潰せんのや。おれを養子にしてくれた成田の先代に顔向けでけへん。もし銀行から借りてうまいこと回らんようになったら、ちょっと待ってくれがきかん。たった二枚の不渡りで否応なく倒産や。天ぷら屋なんかできもせんくせに店も道具も持っていきよる」

借金を頼んだやくざは俊一に金を都合してくれた。しかし甘い顔をしたわけではない。やくざの取り立ては借金の翌日から始まった。取り立てに来たやくざの手下は飯や美鈴にも実に礼儀正しく振舞った。しかし指の無い手先を包帯で巻いた男が、怒り肩に古びた背広を着込み前屈みで現れると、市場全体が静まり返ってしまうように思われた。

毎日の金は一般の客が店頭で買っていくものだから一万円にも満たない。それもかっさらっていく上、納入先から集金した金も全部持っていく。仕入れの金は貯金を取り崩して当てることは許されていたが、一カ月におよそ二十万から三十万は返していかなければならない。俊一は天ぷらを揚げ終わると、すぐにやくざに紹介してもらった港湾に人足として出ていった。俊一はトビとして高所の仕事ができるので日当はいい。しかしそれだけ危険な作業となる。疲れた身体では何事が起きるかわからない。

「あんたらには飯代さえ払えん状態や」

俊一は、美鈴と飯に告げた。もともと単なる手伝いだった美鈴はいままでと変わらないが、飯は窮地に陥った。成天もダメ、三角出版ももはや機能していない。ここに居残るとしたら部屋代を自分で調達しなければならない。だがここで俊一を見捨てては美鈴に負ける、というか女がすたる。

飯は早朝に成天を手伝い、十時からは市場の八百屋にアルバイトとして雇われることでとりあえず自分の食い扶持を稼ぐように手を打ち、アパートのほうは居座りを決め込んだ。管理人は俊一なのだ。これは目をつぶってもらうしかない。

緒方も、何かを手伝うと申し出たが、

「義兄さんは自分の仕事に気をいれてください」

と断られた。仕事とは三角出版のことだ。

「ダメさ、俊ちゃん。ボクは……ダメなんだ」

「そんな、やってもみんと」

「ダメなんだ。わかってるんだ、その原因も。ぼくにはなんとしてもやらなければといえるバックボーンがないんだ」

「バックボーンて？　どんなもんですのや」

「いやたいしたことじゃない。あそこに貼ってある成天の標語みたいなものさ、単純明快な。だけどそれがぼくにはない。そういう人間が出版の仕事をしてもダメなのさ。なんでもいい。僕にはこれを応援しなきゃとか、世の中に知らせてやらなければとかいう、自分の気持ちをのせられるものがないんだよ」

緒方の目が酒を探していた。

「そんなことが会社っていう保護を外されてようやくわかったのさ」

緒方はここに至っても他人事だ。

「そんなことというてたら前に進めんやないですか」

しかしやくざが入って、事件の全容はわかりだした。

近年信者数を増やしてきた「祈りの国教団」は、修行の道場をかねた本部を例の分譲地付近に建設する計画をもっていた。そこで丘全体を買占めようとしたのだが、地主が祈りの国教団を大変嫌って、どうしても売ろうとしなかった。しかし地主の土地には冬至の日に朝日を正面から拝める宗教上重要な地点がある。そこに一般住宅が建ったのでは神聖性が失われる。どうしても欲しい。祈りの国教団は嫌がらせのように地主の造成地周辺を買い集め、そこに大きな看板を立てた。普通の神経の人間ならそんなところに自分の家を建てる気にはならないだろう。造成地は売れないまま数年がたち、造成を依頼した業者は倒産した。

そのため地主に問題が発生した。地主は業者に造成地を抵当にして造成を依頼した。その抵当権が何時の間にか祈りの国教団に渡ってしまったのだ。地主は悔しがった。造成して土地を手放せばそれで土地との縁は切れるのだ。それは頭ではわかっている。けれど地主にとってその土地はいつまでたっても自分の土地なのだ。むざむざ祈りの国教団に取られたくはない。しかしこのまま寝かせておく余裕もない。そこで地主は事情を知らない県外の不動産屋を捜した。そこへ遠縁のタオル屋が現れたのだ。

だがタオル屋自身が祈りの国教団の信者なのだ。祈りの国教団が派遣したと考えたほうが、分かりやすい。

採算が取れなくなり、親から受け継いだ工場を閉鎖するかどうかという状態に追い込まれていたタオル屋は入信することで資金の提供を受けていたらしい。

「奥さんは泣いてはりました。タオル屋はタオル屋で、工場も土地も祈りの国の抵当に入ってるそうです。あ、そうそう、仮契約の客もほとんどが祈りの国の信者でしたわ」

背広のやくざは、薄笑いを浮かべて解説した。祈りの国教団は二重三重のそなえであった。本当の狙いは地主だ。うまいこと食べてやろうと開いたその口のなかに緒方が札束を抱いて飛び込んでしまったのだ。

抵抗していた地主もとうとう祈りの国に屈する形で土地を譲り渡したらしい。

「あの詐欺師らはどうなんです？　信者ですか？」

「そこまではまだ分かりませんな」

背広やくざは笑った。だがかれらには帳尻を合わせる算段はついているようだ。それはそうだろう。こんな小さな天ぷら屋から上げる収益なんか知れている。

なんでもええからあいつらをやっつけておくれ。

飯は、背広やくざに思いっきりの愛想笑いをした。

市場の屋根の上でじっと座っていたアサキチのひげがかすかに動いた。

なんや？……血の匂いや。

アサキチは用心深く屋根の下をのぞきこんだ。シリジロ夫婦を最後にアサキチの味方は全員この市場を去った。アサキチの今の望みは死に場所を見つけることにある。市場で何がおころうと知ったことではないのだが。

薄暗い屋根裏に動くものは何もいない。アサキチは麻縄につかまって半身を天井裏に滑り込ませ血の匂いのもとを捜した。白いものが見えた。

「シッポ」

アサキチは中に飛び込んだ。隅に丸くなって動かない白い物体はシッポの体に間違いない。

「シッポ、しっかりせい、シッポ」

返事はなく死んだように動かないがまだ体は温かい。アサキチはシッポの傷口をなめた。シッポには無数の噛み傷があったがなかでも肩口のものが深い。もう少しずれていたら首の急所を食い破られていた。

「ネコか、クソッ。どこのネコじゃ、オレのシッポを」

シッポが熱に浮かされた体を動かした。

「あんた……」

小さい声だった。

「みんなを逃がしてくれはった？」

「うん、まあな。いつか、時期見て帰ってこいとは言うといたが……ま、そんなにかからへんやろ」

「そうだすか」

「そうさ。この国の文化は貧乏の文化や。貧乏神が主神や。頑張っても頑張ってもこの国はいつか貧乏になる。貧乏の方が幸せをかんじるようになってんのや。けど外来ネズミはたらふく食ってないと生きて行けへん。貧乏の匂いを嗅いだらあいつらどっか行きよる」

シッポはかすかにうなずくと、

「うちを、ここで死なせて」

思いがけない言葉にアサキチの呼吸が止まった。

「シッポ、なにいうてんね。市場の女王が、阿呆なこというんやない。このくらいの傷、すぐにようなる」

「女王」

シッポは寂しそうに笑った。

「確かに……うちは市場ネズミの女王やった。そやからうちには義務があるとおもてました。自分は犠牲にしても市場ネズミの子供や母親らを守る義務が。けど、そうやったんやろか」

「な、なにいうとる。立派やで、お前は立派な市場の女王や」

シッポはひげを優雅に動かしてアサキチに触れた。

「それは市場があんたのものやった時のこと」

「ブ、ブンスケの子らはどないしたんや。お前の血筋やろ」

「こないなったんはうちのせいやて、噛みついて」

「なんやて。これはそいつらのやったことか」

「ええんです。あの子らにもいうにいわれん苦労があったんやろ。よかれと思て映画館地区に逃がしましたのに」

シッポはゆっくりと身体を起こした。

「けどうちは不安やった」

「もうしゃべるな。傷口がひろがる」

「失うことが不安やったんや」

「しゃべるないうのに」

アサキチはシッポの首をくわえてそっと引っ張った。

「全部なくして、それがようようわかりました」

シッポは自分で立とうとした。浮いたシッポの体は、ゆっくりと動いた。

「うちは怖かったんや、失うことが。けど何にもなくなって、うちは何にもなくしてないことに気がつきました」

アサキチはシッポを安全と思われる柱の陰に移すと一息ついた。シッポはおおきにといって弱々しく笑った。

「そうです。うちはうちの女王やった」

「そうや。お前は誇り高い市場の女王や」

「けどうちは、おびえてましたんや。あんたが現れてから」

「おれが？　そ、そうか、そら悪かったな、おれは」

「いいえ。うちはあんたを見たとき、初めてブンスケから逃げたいと思いました。あんたは男らしいおました、他のだれよりも」

「そ、そうか。けどあのときお前は、勝った者のもんになるて」

シッポは首を振った。

「あれはうちの強がりです。うちはブンスケが嫌いやったんや、もともと」

血の流れているシッポの脚が痙攣した。

「あんたが市場を仕切るようになってからも、うちは必死やった。あんたに必要なんは女王としてのうちやから」

「そんな。おれはお前を一目見た時から、女王なんて知らん時から」

「うちはあんたを失うのが怖かった」

シッポの声が小さくなり、やがて小刻みに震える息の音に変わっていった。

「シッポ、なんにも心配するな。お前はおれが守ったる」

だがここは危険だ。アサキチは天上板を食い破り、成天の天井部屋をうかがった。部屋には布団が一つ、中には人が入っている。人は危険だが、外来ネズミの襲撃はさけられる。それにこのにおいは……。アサキチはシッポをくわえて布団の上に飛び降りた。

その衝撃を感じてか、布団の中から人の顔が出た。

「ドウシじゃないか」

寝ていたのは三郎だった。三郎はアサキチのくわえたシッポを見て、

「なんだよ、お前、共食いするのか」

軽蔑したようにつぶやいた。

梅田のうどん屋に成天の天ぷらを配達しての帰り道だった。緒方は阪急駅に、向こう側の人の群れに、あの詐欺師の一人、銀行屋を見つけた。

「あ、おい。待て、待ってくれ」

緒方は自転車のペダルに全体重をあずけて横断歩道を急発進した。そこへ車がつっこんできた。はっとしたその瞬間、緒方の身体は宙を舞っていた。

見舞い

緒方の怪我は、足にひびが入った程度で大したことはなかった。だがまずいことに肝臓の方に問題があるというので退院許可がおりない。事故なので治療費は保険からでるというので助かったが、それでも病院なんかにはいたくない。

足にギブスを巻かれ、あてがわれた六人部屋の一番奥のベッドに寝ていると、頭に浮かんでくるのは金のことばかりだ。

「運が悪くってねえ」

入院二日目、緒方は見舞いに来た飯を誘って廊下に出た。誘ったとはいっても車椅子を飯に押してもらっての院内散歩だ。

「絶好のチャンスに死ねないなんてさ」

「ほんま。悪運の方はすごく強そうや」

飯が遠慮なく笑った。

「あとをつけて居所を突き止めるのが肝心なのに、飛び出すなんて馬鹿としかおもえないってやくざのおやっさんにいわれたよ。でもここで逃がしたら百年目だと思ったからね」

久しぶりに身体中の血が頭にあがった。自転車の後ろがひっかかっただけで助かったが、まともにぶつかっていたら、自転車より自分の頭が壊れていただろう。

「それでも脚の骨にひびがいっただけなんやから、強運、強運。痛いだけですんだんやから」

「どうだろう。死んでいれば生命保険から金がおりて、もう美鈴ちゃんとも顔をあわせないですんだだろうし。……死にたくはないが、チャンスはチャンスだからな」

飯は、廊下の窓際に車椅子を止めた。

「例のやくざ屋さんはとっくに、あのあたりに目星をつけていたみたいです。やっぱり餅は餅屋ですね」

緒方の事故の第一報はやくざから入った。おかげで飯たちは次の天ぷらの配達も少し遅れただけで配達の手当ができたのだ。

「毒のさし入れです」

飯は、カバンに隠し持っていた酒の壜を取り出して振った。

「や、や、ありがとう。これは見つからないようにしないとね」

緒方は、飯の手から壜をひったくって、パジャマの中に押し込んだ。ここのところ人の優しさが身にしみる。

「しかしマリリンも怖いもの知らずだね。祈りの国に突撃するとは」

「大丈夫なんでしょうか」

「大丈夫だろう。彼女の場合、神様よりお金様崇拝者だから」

大丈夫でなくても助けてやりようもない。

「サブちゃんも様子がおかしいんです」

三郎は、飯から巻き上げた三十万だけではなく、何百万の金が要るといって目を血走らせているのだそうだ。

「過激派の仲間に因縁つけられてるんとちゃうやろか」

「千差万別だからなあ、金のいる理由は」

しかも弱い人間ほど金に支配されるようになっている。緒方は溜息をついた。金は人が人の便宜のために作ったものなのに、ときおり命より重くなる。いったい金とは何物なのだろう。

「あれ……お客さんやわ」

飯の声に微妙な敵意があった。緒方は首をひねって廊下の端から近づいてくる車椅子を注視した。美鈴が母親の押す車椅子に乗って向かってくる。今は四時近い。家に帰る途中によったのだろう。

あわてて緒方は車椅子から立ちあがった。

「痛てて」

骨の芯にも神経はあるのだろうか。

「無理せんといてください」

美鈴が冷たくいった。

見舞いに来たからといって喜んではいけない。彼女が優しさを見せるのは俊一に対してだけだ。緒方の左足がうずいた。

「あ、ああ、ひびが入っただけだから」

「そう、良かったですね。同じひびでも脊椎に入ったら私のようになる」

柿の種のような目に稲妻のようなものが走った。

「でも車椅子の気持ちがわかったとしても、私の苦しみをわかったつもりにならないでくださいね」

「も、もちろんですよ」

緒方はそう答えた。しかし言いたくはあった。じゃあ、あなたはボクの苦しみをわかってくれるんでしょうか、と。

だが緒方は足をふんばって、

「こんなことになって、本当にすまない。治療費は必ずなんとかするからちょっと待ってください」

と頭を下げた。詐欺事件の後の事故である。美鈴への支払いは何時までかはわからないがストップせざるを得ない。

「あやまられても困ります。お仕事の不調も詐欺事件も私には関係ありません。というより私は関係なく生きていかざるを得ないんです。それがあなたにはわからない」

美鈴の言葉は、美鈴の車椅子を押している母親の言葉でもあった。ふたりは双子のように似ていた。まじめで、自分にも他人にも厳しい。

「確かに関係ない。たとえ何が起ころうと、ボクが加害者であなたが救われがたい被害者であることにかわりはない。だからその責任はとらなくてはと思っている」

美鈴は緒方の言葉にとびかかった。

「あなたの責任の取り方は、お金を支払うことしかないんですか」

「じゃあ、他にどういうやりかたがあるんだ」

いってしまって緒方は慌てた。

「あ、いや。そんなことをいえる権利もないんだけれど」

「そうね……」

「できることなら、ボクの脚をあなたにあげたい。だけど」

「そんなものいらないわ。わたしが欲しいのは元のわたし。ごく当然のように歩けて、素敵な婚約者がいたころの」

婚約者？　美鈴は婚約していたのだろうか。だとすればその婚約は……破棄されたのか。緒方は美鈴のもう一つの怒りに気がついた。

「美鈴ちゃん。あんたなあ、あんたは気の毒やとは思うけどなあ」

話に割って入ったのは緒方の車椅子の後ろに立っていた飯だった。

「滅茶苦茶気の毒やけどさ、美鈴ちゃん。……誰にも時間を元にはもどせんのや。それはあんたにも……わかってるやろ」

飯はためらいながらいった。何も悪くないのに一番苦しんでいるのは美鈴なのだ。それは誰にもわかっている。

「そのな……諦めなあかんことは諦めんと。そうでないと次の一歩につながらへん」

「そうやね」

美鈴が車椅子の手すりを握り締めた。

「頭で考えればね。でも身体はそんなに物分りはよくないんよ。わたしは毎晩夢を見つづけたわ。夢の中で私は立って歩いてるんよ。でもどうしてもトイレに行けへん、どうしても。なぜなんだろうと考えてるうちに夢から覚めるの。毎晩よ、毎晩」

「そやからそれは同情するけれど」

飯の言葉が美鈴の怒りを募らせる。

「同情？　やめてよ。なんにも分からへんくせに」

「じゃあ、どうしろといわはるの。周囲の人間みんなの脚が動けなくなったら満足するわけ」

美鈴は車椅子の手すりを両手でバンとたたいた。

「違うていうたでしょう。それはわたしの脚やない。わたしはわたしの脚を元に戻してほしいの」

「そしたら、どうしろいうの」

飯の声が大きくなった。

「飯ちゃん。飯ちゃん」

緒方が再び飯を制止して、

「申し訳ない。本当に申し訳ないと思っているよ」

「そんな謝罪の言葉は聞き飽きました。言葉は言葉でしかありません」

美鈴の母親がいった。

「私たちは謝罪でなく保障を求めているんです」

「ですから今こういう状態で」

「あなたはお金がないといっておきながら、事業には何百万とそそぎこまはった」

「でもそれは」

と思わず緒方はいった。

「美鈴ちゃんのために」

「わたしのために」

美鈴の唇の片端が斜めにあがった。

「そう、ボクは……あなたのためになんとかお金をつくろうと。そうだ、あなたのためだ、何もかも。ボクはあなたのために職場を捨て家族を捨てた」

美鈴の二つの柿の種は、弾丸のように緒方にむけられた。

「私はあなたに退職してくれとも、離婚をしてくれともいっていない。あなたは離婚することで、わたしを援助するより奥さんを守ることを優先しはったんです、そうでしょう」

「待ってくれ。妻はこの事故には関係ないんだ」

緒方の言葉はさらに美鈴を刺激した。

「関係ない……、そうですよね。だから便宜上の表面上の離婚ですよね、この事故が起きたための。奥さんと娘さんだけを切り離すための」

美鈴はにっと歯を見せた。

「わたしとわたしの家族は、そういう意味では関係ないわけです。だからわたしをどこかの道端に寝転がしたままほおっておいてもいいんです。でもそうはいかない。わたしの家族は、わたしの怪我のために理不尽なほどの苦痛を強いられてるんです。そしてそれがわたしを苦しめる。わたしにあなたが家族をかばうのを非難する権利はないかもしれません。でもわたしは、わたしは、あなたもあなたの奥さんも……許せない」

美鈴のいう通りだ。

「ごめんなさい。本当に申し訳ないことをした」

緒方は車椅子からすべりおりて美鈴の前に土下座をした。

「やめてください。わたし、そういう自虐的な芝居は嫌いなんです」

美鈴は冷たくいった。

「けれど美鈴ちゃん。言いわけになるけど、妻は事故の前から実家の母親の、俊ちゃんの実の母親の看病をしていたんだ」

　美鈴の目が細く光った。

「それにボクは、あなたと結婚しなければならないかもしれないと思っていた。責任をとる一つの方法として」

「結婚？　冗談じゃない。あんたみたいなおっさんと？」

　嫌悪感をあらわにした美鈴に、飯が激高した。

「そういう言い方はないやろ。互いに独身やったら結婚に制限はないんやから。あんたも成天さんに結婚を迫ったやない。あれは成天さんが好きやとか、尊敬してるとか、そういうことではなかったわけやろ。あんた、ずるいわ。自分に矛盾は許せても、人には許せへん」

「いいんだ、いいんだ、飯ちゃん」

　緒方は、飯の腕をおさえた。

「そうやね、いいでしょう。おたくはわたしと結婚しはるつもりやった……。それは善意に解釈しましょう。けど本気やなかった」

　美鈴は頭がいい。だがその頭の良さが人を傷つけることに気がついていない。心からでなくでもそれが緒方の誠心誠意なのだ。

「そうでしょう。おたくの考えてはったのは形式的な結婚。そんな結婚で私は幸せになれたわけ？……わたしの幸せなんか考えもしはらんかった。考えたのは自分の都合だけ。そう、あんたはそういう人です」

美鈴のいう通りだ。しかしそれが緒方の考えられた究極の犠牲だったことも確かなのだ。そこを美鈴にわかってもらいたかった。わかって……許してもらいたかった。

自分も諦めるべきなのだと緒方は思った。緒方が何を犠牲にしようと、美鈴は許す気にはならないのだ。あたりまえといえばあたりまえだが。

だとしたら、いうべきことはいうべきだ、俊一のために。

「わかった。金はなんとかします、必ず。すぐってわけにはいかないけれど必ず。ボクは信じている、ピンチの裏にはチャンスが来ると。これだけピンチが続いたんだ。……それでもボクをまだ見捨てないでいてくれる人がいる。そういう人がいる限り、いや人とかかわっている限りチャンスは巡ってくる。ボクは巻き返して見せますよ」

そう、必ず立ち直って見せる。なぜか突然わきおこってきた自信に励まされて緒方は、美鈴を見上げると、

「だけど俊ちゃんに結婚を強要しないで欲しい。ボクのせいで俊ちゃんに重荷を背負わせたくないんだ、頼む」

両手を廊下についた。

「やっぱり、やっぱりそう思ってはるんや」

美鈴の声には強い抗議の響きがあった。

そうだ、そう思っていたのだ。

俊一の側でけなげに働いている美鈴は哀れだ。だがこのことはなんとしても緒方の口から言わなければならなかったことだ。

「……それは俊一さんのいわはったことですか」

「いや、違う。違うけど」

「なんてひどいことを」

美鈴の母親の柿の種が釣りあがった。

「おかあちゃんは黙ってて」

美鈴は母親を制した。

「……あなたはわかります？　あのとき何でわたしが結婚を申しこんだんか」

緒方は、美鈴の目からその萎えた脚に目を落とした。一年前には美鈴を支えて元気に動いていた脚は不自然に左側をむいたまま全く動かない。

「わたしは傷つくために申し込んだんです」

緒方は美鈴を見上げた。

「あなたにはわかりますか。私の脚が二度と動かないという事実を受け入れなければならない日の辛さを。どんな辛いことがあってもいっしょに生きてくれると、守ってくれると信じていた婚約者は、わたしの足が動かなくなっただけで去っていきました。現実感はない。けれどこれは現実なんや。わたしの気力は脚より先に萎えていた。泣く以外何をする気にもならなかった。そうでないとき、気力を振り絞れるときは、あなたを憎んでいるときだけやった。だからわたしは傷つくために結婚を申し込んだんです。痛みが強ければ強いほどわたしは生きていられる。そう信じてたから、でも俊一さんは」

その場で承諾した。

「あれは意外な展開でした。今までやったら見向きもしなかったに違いない冴えない男が、突然わたしの人生という劇場に登場した。でもそれは絶望と暮らしているわたしに近寄ってきた初めての可能性でした。だからたとえそれが一幕物の茶番劇でも、わたしは、精いっぱい演じようと決心したんです。その間だけでも私は生きていける」

気持ちが昂ぶってきたのだろう、柿の種から涙が流れ出た。

「あの夜私は泣きました。事故以来私は自分の辛い将来を思って泣き続けてきました。けれどそうでない可能性もあるんだと初めて思えたから。人を憎んで、怒り続けていなくても息をしていることができるようになるかもしれないと思って。あのとき、俊一さんが喜んで結婚するといってくれはったわけやないことはわかってます。でも希望をくれはったことに感謝してます。だから、わたしは、俊一さんの信頼を得られるように努力しているんです。これから先、結婚するしないは別のこととして」

美鈴は涙を手の甲で拭いた。

「でもこの結婚は俊一さんにとってそんなに不利なものやないんとちがいますか。俊一さんはわたしと結婚することで、あなたの賠償金を間接的に取り戻すことができます。俊一さんがそう計算してあの時結婚を承諾したとしてもわたしは驚きません。結婚は条件と条件が噛み合って成立するものですから」

飯はびっくりした。

「なにいうてんの、美鈴ちゃん。あんた、それではあんたがつらいやない」

「結婚にはいろんな形があるっていっただけよ。大事なのは結婚してからの二人の努力よ」

美鈴は本気なのだ。本気で結婚を考えているのだ。飯はたじろいだ。美鈴は緒方への嫌がらせのために、意地になっているのであって、俊一にひかれているわけではないと思っていた。だから飯にも十分可能性があると信じていたのだ。

もし美鈴が本気で俊一を愛しているとしたら……。美鈴の激しさの前に飯は太刀打ちできるだろうか。

「俊一さんが計算してはるとしてもわたしは非難しない。当然やない？　一生車椅子に乗って生活しなければならない女との結婚なんやもの」

「俊ちゃんはそういう子じゃない」

緒方が首を振った。

「俊ちゃんは、あの子なりに誠実に考えてあんたと結婚しようと思っている。だからこそボクは、反対しなくちゃならない」

緒方は、立ちあがって視線を窓の外に移した。外にはほとんどの葉を落とした桜の木が何本も並んでいた。

「俊ちゃんは、あなたを背負っていく人生を選ぼうとしている。自分を罰するために」

「罰する？」

「そう……俊ちゃんはいったんだ。あなたの申し出を承知した日の夜、父ちゃんのボールが飛んできたって。だから受けるんだって」

「ボール？　なんのボールですか？」

「それはボクにもわからない。ただ……覚えているだろうか、あなたが初めて成天の店に現れたときのことを。あのときボクは死に損なった」

飯も思い出した。緒方は首をつろうとしたように見えた。

「それが俊ちゃんの記憶の底を刺激してしまったんだろうと僕は思っている。あの時、あなたとの結婚を承知したとき、俊ちゃんは正常じゃなかった」

「正常でない？」

緒方は大きくうなづいた。

「多分あの時、亡くなったお父さんとボクが重ね合わさってしまったのだ。そこへあなたの言葉がお父さんの投げたボールのように飛んできた……。俊ちゃんは運命を感じたんだろう、そのボールを受け取らなければと思った。……でも結婚はお互いの幸福を目指せるものでなければいけない。あなただってそれを望んでいるわけだ。互いに信頼を築いていけるような」

「ええ、そうなるように努力するつもりです」

緒方は首を振った。

「そうでなくて、それ以前の問題なんだ。俊ちゃんにとってあなたとの結婚は罰なんだ」

「え？」

「あなたのときばかりじゃない。いままでもそうだった。俊ちゃんは何度もどうしようもない女にだまされてきた。女ばかりじゃない、男にもだ。ボクの借金だって俊ちゃんは肩代わりしようとしている」

美鈴は動揺したのか激しく髪をかきあげた。

「俊ちゃんはそういうことを繰り返してきたし、これからも繰り返すだろう」

「それって、やくざが関係してるんですか」

おもわず飯が口を出した。

「いや、やくざとかかわる前だ。俊ちゃんがまだ小学六年生の時のことだ。俊ちゃんの村は山津波で壊滅した。その時亡くなったお父さんとの間で何かがあった。そのため俊ちゃんはお父さんが自分のせいで死んでしまったのだと思い込んだんだろう。ずっと放心状態からたちなおれなくて、それを心配したお母さんが僕たち夫婦に預けたんだ。お母さんのほうも家も夫もなくした状態で、殻に閉じこもってしまった息子の面倒をみる余裕もなかったからね。ぼくたちの元にやってきた俊ちゃんは学校には行かず働き始めた。やくざとのつながりはそのころできたんだとおもう。そのへんはあまり分からない」

俊一の過去、考えたこともなかった。飯は息がつまりそうになった。

「そやけど、そやけど山津波やったら、逃げるためにしがみつかれた人をつきとばしたにしても仕方ないんやないですか、まして子供やのに」

「詳しいことはわからないんだよ。俊ちゃんはそういう説明が苦手だから。だから立ち直ったように見えても何かのきっかけでこころの傷が突然口をあけるんじゃないかな」

それは本当にたいへんな災害で、俊一たちは降り続く雨の中を絶え間ない山津波の音を聞きながら一昼夜山の中を逃げ惑ったという。

「……何があったのでしょう」

緒方は美鈴をまっすぐに見た。美鈴は厳しい表情を崩さなかったが、その眼に敵意はなかった。

「いったようにボクも話してはもらっていない。いつか俊ちゃんが話せるようになったらと待ち続けていたのだけど……、それが俊ちゃんの馬鹿な行動の原因の一つであることは確かなんだ」

美鈴の眉が痛ましそうによった。

「俊ちゃんは、お父さん譲りの素晴らしい運動神経の持ち主だったから、大人顔負けの危険な仕事ができて、沖仲仕の間では重宝され、やくざの親方にも可愛がられるようになった。俊ちゃんが普通の生活を送れるようになったのは、成天に養子に行ってからかな。俊ちゃんのお母さんは怒ったよ、長男なのに養子になったことで。でも成天の先代はとてもいい人たちで、ボクたち夫婦は頭を下げにいったよ、これで俊ちゃんに新しい未来が拓けるんならと。てんぷら屋をまかされて俊ちゃんは立ち直った、と僕たちは思っていた。だけど俊ちゃんの中では何かことが起きるときに、自分を破滅に向かわせるような、そんな気持ちが幽霊のように湧き出てくるように思える」

一見落ち着いて見える俊一だが、俊一は今でも村に帰れない。電車に乗っても故郷が近づいてくると震えが止まらなくなるのだという。

俊一の母親は、夫の仇を討つのだといって一人で村に残って山崩れで埋まってしまった村の復興工事の人夫として働いてきた。ろくなものも食べず崩れた土砂を取り除く。それは男でも命を縮めるようなたいへんな仕事だった。その母親が倒れても俊一は見舞いに行くことさえできない。

「今は妻が看ているんだけど……俊ちゃんは、村を出て以来一度もお母さんに会っていないんだ」

「そうですか……」

美鈴は、静かにいった。

「気がつきませんでした、俊一さんにそんな深い傷があるなんて。わたしは自分のことだけしか考えていなかったから。……わかりました、結婚を強要はしないと約束します、でもわたしは」

美鈴は姿勢を正した。

「わたしは今日、それとは別のことできたのです。わたしはこの進展の無い状態を終わりにしようと、そう思って、そう決心してきたんです。人を恨んで、憎んで一日を送る、そういう生き方から抜け出そうと思って、そう伝えにきたのです。けれど……」

美鈴は苦しげに口をゆがめた。

「でもやっぱり私は、あなたを一生憎むと思います」

「にいちゃん」

呼びかけられて三郎は飛びあがりそうになった。降りてきたのが祈りの国大阪支部の前の建物だったからだ。非常階段から降りるとき、周囲に人がいないのを確認したはずなのに。

「ええ写真とれたか」

成天に出入りしている指のないやくざだった。屋上から望遠レンズでねらっていたのを見ていたのだろうか。三郎は、逃げだせるかどうかを目で確認した。やくざは仲間を連れているだろうか。

やくざは来いと眼で合図した。敵意はないらしい。

やくざはすこし距離を取って三郎の横に並んだ。だが顔は横を向いている。遠目には知り合いとは思えないだろう。

「グラマーのネエちゃんはあんたのコレか？」

小指を立てた。マリリンのことだ。

「あの子はあきらめ。ああなったら何回目をさましたってもまた戻っていきよる」

どうやらいろいろと知っているらしい。親分は引退しているとはいえ、長年つちかってきた組織の触手は、ある種の情報には敏感に動くのだろう。

「なんで?」

「洗脳されよったんや」

「洗脳? そんなはずはない。マリリンは現実的な女だ。特に金に関しちゃ」

やくざは鼻先で笑った。

「にいちゃんなあ、洗脳いうんはな、自分が納得して初めて成立するんや。わいが親方に命を預けてるいうのんもな、まあいうたら洗脳や。それが自分に有利やと思うこと、そやから自分の意思で教祖の気にいられたいと思う。あっち側からいわせればそう思わせる。それが洗脳いうもんや」

三郎は、不安が喉元にのぼってくるのを覚えた。赤い、蛭のような唇が浮かんでくる。

「違う。マリリンは、違うさ」

やくざはうすら笑いを浮かべると、

「あのネエちゃんは自信家や。あれだけのおっぱいと愛嬌や、スケベな男ならだれでも操ったるぐらいの自信はあるやろ。教祖が自分に気があるとおもたら、教祖が札束に見えるんとちゃうか。あのねえちゃんは現実的かもしれへんで、現実も思い込みやからな。誰も自分の思い込みで動いてるんや、けどそうやって一歩一歩深みにはまりこんでくんやな」

へへへといって肩をすくめた。やくざにも経験があるのだろう。

「それよりちょっと手を貸してもらえへんかな。あんた銭がいるんやろ、はずましてもらうぜ」

やくざは青黒い顔を空にむけ、ひとりごとのようにつぶやいた。

「一回こっきり、ということで」

市場炎上

「なんでうちがあんたと同じ部屋に寝んならんのやろ」

市場近くのアパートで、飯は文句をいいながら、美鈴のベッドの下に敷いた布団にもぐりこんだ。

俊一はここのところ夜間の港湾の仕事が忙しい。暗い中高所を点検する仕事は危険だが手当てはいい。だがその仕事から戻って天ぷらを揚げていると納品に遅れが生じてしまう。それを知って飯は、俊一が戻るまでの時間てんぷらを揚げることにしたのだ。それを美鈴もやると言い出した。絶対に飯が一人で活躍するのを許さないのだ。うんざりする。

「やりたいならかってにしたら」

といったら、

「そうね」

とこたえた美鈴が飯の部屋を活用したいといいだした。

「あそこは三角出版の寮やから、緒方さんの了解さえとればいいわけでしょう」

寮といっても安アパートの一室だ。廊下を真中に五部屋ずつ、一番奥に共同トイレがある二階建で、窓からの景色は、隣の運送屋の高いコンクリート塀でさえぎられほとんど見えない。おまけに飯の部屋はトイレのすぐ横で、うっかりドアを開けていると臭気が入ってくる。

「俊一さんの部屋に泊まっても良かったんだけど」

アパートの玄関脇が俊一の部屋だ。美鈴はそんな嫌がらせをいって、その日のうちに飯の部屋に、布団とポータブルのトイレを持ちこんだ。飯も美鈴の働きぶりは認めないではない。しかし親切にしてやる気も起こらない。だから最初の日、部屋に入れず困っている美鈴に知らん顔をした。それでも美鈴は、

「大丈夫、あなたの世話にはならへんから」

と可愛げのないことをいって、車椅子から落ちるように降りると這いずって部屋に入ってきたのだ。

「あんた、おかしいんとちゃう?」

飯には美鈴の気持ちがわからない。回りの人に嫌がられても、素知らぬ顔で自分の主張だけを通していては、結局敵を作るだけではないか。

「そんなに無理して結婚せんでも、暮らしていけるだけのお金はもうてはるやない」

「お金なんか、あてになんかならないわ。そうでしょう、このインフレ見てもわかるやない」

確かに狂乱物価といわれるほどの大インフレ時代だ。しかし……、

「あんたなあ……」

飯は溜息をついた。美鈴は弱みを見せてまで打ち解けるような性格ではない。その分思いも深い。美鈴のような女に思われたら、逃げ出すのは不可能だ。飯は、道成寺の安珍のように、鐘の中に逃げこみ、清姫の蛇にとぐろを巻かれて焼け死んでしまう俊一を思い浮かべた。

愛情は、相手に負担をかけるものであってはならない。互いに生きやすくするための潤滑油の役割で十分だというのが飯の信条だ。

「うちは思う。人に平等に与えられてるもんは命だけや。うちは美人やないし、あんたみたいに賢うもない。生まれた家もどっちかいうたら貧乏や。けどそれは諦めなしかたがない。運て不公平なんが当たり前なんやから」

美鈴を寝かすと、奥に布団を敷いた飯は、すばやくパジャマに着替えると電気を消して布団にもぐりこんだ。

「何度も言うようやけどあかんものは早めに諦めることや。そのほうが楽やに」

「ふーん……、じゃあ飯ちゃんには諦められないものはないわけ？」

「……」

「諦めて、諦めてあぶくみたいな人生を送るわけ？」

馬鹿にして。飯は暗闇の中で美鈴をにらんだ。

「あんたがどう思おうと、わたしの人生をいきられるわけでもない。あんたとわたしは違うわ」

美鈴は美鈴で飯をにらんでいるのかもしれない。

「……飯ちゃんは知ってたの？　俊一さんのお父さんのこと」

知っていたといってやろうか……とはおもったが。

「ううん知らんかった……でも成天さんて、意外に大きい波のある運命の人なんかも知れへんなあて」

飯の言い方が一歩下がったものになる。

「大きい波？」

「そういう運の人ていてるんやないい。今度の詐欺事件かて自分で近づいたわけでもないのに中心にいてはるみたいなものやろ……。うち、そういうのちょっと怖いんや」

「怖い？　何が？」

「何がて……」

なんでこんなことを言ってしまったのだろう。飯は寝返りをうって美鈴に背を向けた。

「うちは百姓の子や。百姓はな、土と稲の機嫌をみながら、とにかく大過なく一年が過ぎるのを待ってるのが仕事や。うちの名前も、小さいときはようゴハン、ゴハンてからかわれたけど、食べていけたらええ、いう意味でおとうちゃんがつけはったんや。うちは戦後の農地開放で自作農になった家やから、百姓だけでは食べていけるだけの収入はないから、厳密には百姓とはいえへんかもしれへんけど。そういう意味で、都会の商売人の……考え方いうたらええんやろか、そのへんがちょっとな。……俊一さん個人はええ人であることに間違いはないんやけど、……うちはある程度計算が成り立つ人生が好きなんや」

美鈴は意外そうに、ふーんといった。

「わたしは、一生を計算できると思うほうが現実的やないと思うけど」

美鈴の父は元ジャズマンでダンサーだった母親と結婚し、今は喫茶店をしている。

「……うん。それはそうや……確かに。それはわかってる、けど」

安定した地面が欲しい。沈黙が暗い部屋を満たした。二人はライバルなのだ。仕事の段取り以外、話すことは多くない。

「……不安だけ見ていたら前にすすめないわよ」

横になる前に美鈴は、飯に話しかけた。しかし飯は返事をしない。

「寝たの？」

飯の寝息が聞こえてくる。朝早くから起きて天ぷら屋を切り盛りしているのだ。寝床に入ったら眠る。でなければ潰れる。

「ごめんね」

美鈴は小さくつぶやいた。

陽気で気さくな飯は、たいていの人に愛される。俊一もそんな彼女が気に入っていたはずだ。もし美鈴が割り込まなかったらいいカップルが誕生していたに違いない。

悪いという気持ちはある。だが自分でも意外だったが、付き合ううちに美鈴は俊一にひかれだした。そのため、ここのところ俊一が楽しそうな笑顔を飯に向けたりすると動悸が打つ。まるで恋をしているように。

美鈴の前には真っ暗な長いトンネルがずっと続いていた。だけど今、その先に出口があるかもしれないと、そう思えることもある。ひょっとすると光のふりそそぐ広い草原に出られるかもしれないと。

しかし美鈴は同時に恐れてもいた。自分を守るために張り巡らせていた氷が溶けていきかけている。もう一度裏切られるようなことがあったら、こんどこそ生きる気力を失ってしまう。

いま引き下がることはできない。たとえ俊一の気持ちが飯にあるにしてもだ。

緒方の話を聞いた後、美鈴は、俊一に亡くなった父親となにかあったのかと訊ねてみた。

「義兄さんがそんなことを？　何にもないよ。気にしてもらうようなことは」

俊一は否定した。

「けどおれは、なんというか、誰かの役に立てると思うと、自分のことを忘れて突っ込んでしまうところはあるな。ええんや、おれはどうなっても、それしか俺の生きてる意味はないんやて思うんや。おおげさにいえば……や。おれみたいなもんが生きててええんやろかて。あ、けど美鈴ちゃんとのことは違うで。おれは美鈴ちゃんの役に立つというより、美鈴ちゃんに助けてもらえるような気がしてるんや。おれ……阿呆やし」

やはり父親となにかあったのだと美鈴は思った。だが結局父親のことは話してはくれなかった。

美鈴は窓の外に眼をやった。アパートの窓から一メートルもないところに高い塀があって外の様子は見えないが、省エネルギーのため社名だけに灯りを抑えたパチンコ屋のネオンサインが窓を緑色に染め、人の通行が少なくなったアパートの前の道を酔っ払いが歌をうたいながら通り過ぎていく。

事故にあう前には、こんなところでそんなもの音に耳を澄ますようなことがあるとは思わなかった。

自分も含めて、なんとたくさんの人生があるのだろう。しかもその人生は一刻一刻変わっていくのだ。美鈴は動かない脚を布団に引きずり入れた。


「火事やっ」

というけたたましい声があたりに響き渡ったのは、夜の十一時ごろだった。遠いと思ったのは半分夢の中だったからだろう。だがその声の緊迫感に美鈴は目をあいた。どどどっという地響きが床から響いてくる。たくさんの人が走っているのだ。

アパート中の部屋のドアが開き、廊下に出た人が走り出ていく。

美鈴は布団をはねのけた。だが脚が動かない。緊張で全身が冷たくなり、身体が震え出した。

「飯ちゃん。飯ちゃん」

寝ている飯を起こそうとしたが、うまく声が出ない。震える手で布団を引き剥がした。

「うーん？　何？　トイレ」

飯が不機嫌に返事をした。騒ぎが聞こえてこないのか。

「火事みたい」

飯がパニックを起こさないように美鈴はできる限り平静に言った。

「火事……て?」

飯は寝返りを打って、ゆっくりと起きあがった。

「人が騒いでるでしょう」

廊下を走り出ていく足音と外で周囲を回っているような足音が、重い風のように暗い部屋に押し寄せてくる。飯は、ぼんやりと起き上がったあとパッと何十センチか飛びあがって布団に立ち、次の瞬間布団を蹴った。

「飯ちゃん、待って」

飯は返事をせず部屋の扉を開けた。

「すぐ戻ってくる。おっちゃん、火事、火事て、どこ?」

廊下にアパートの住人がいるのだろう。

「市場や。市場が火事や」

そういいながら男の足音は玄関のほうに消えていく。

「飯ちゃん、飯ちゃん」

美鈴は、廊下の飯に叫んだ。

「服」

パジャマのままなのに気がついたのだろう。飯が戻ってきた。

「火事やて、市場が火事やて」

飯は、今いった言葉を再び口にしながら、扉を開けたまま着替えを始めた。

アパートで出火したわけではないらしい。ほっとすると同時に美鈴は恐ろしいことに気がついた。

「火は？　天ぷらの火は消したよね」

飯の動きが止まった。

「どうやったやろ。美鈴ちゃん、確認した？」

していない。今日に限って確認していない。飯が慌てて窓を開けた。その瞬間大きな薪が燃えて炸裂するような音が次々に飛び込んできた。窓に走り寄った飯が叫んだ。

「火の粉が、火の粉が竜みたいにねじれながら空を飛んでいく。すごい火事や」

飯の声が震えていた。

「どんな。成天は？」

美鈴は、飯の側に這いよった。

「あ、あ、ああ」

飯がうめき声をあげた。

「サブちゃんが！」

「どうしたの？」

「どうしよ。今夜、サブちゃんが成天で寝てる」

飯は、ドアを蹴倒すような勢いで廊下に走り出た。


妙な臭いがしているのは知っていた。危険がせまっている。だが傷の熱が下がらず衰弱しているシッポを見捨てるわけにはいかない。

「火事やっ」

人間の、悲鳴に似た声がどこからか聞こえてきた。

「市場が火事や」

アサキチは屋根裏偵察に駆け上った。そして立ちすくんだ。外来ネズミがたむろしていた辺りの真っ赤な光をおしつつむように屋根裏をつたって煙がゆらゆらとこちらに向かってくる。

「あ、あかん。シッポ、煙が」

アサキチは下に飛び降りると、三郎が作ってくれた隠れ家に走りこみ、シッポをくわえようとした。だが弱ったシッポはそのアサキチの動きに応えられない。

「あんた、逃げて。うちはええから」

「あほいうな」

といいざまアサキチは、

「ドウシ、ドウシ、起きてくれ」

布団に丸まって眠っている三郎の周囲を走りまわった。だが三郎は起きない。

ええい、一か八かだ。

アサキチは圧死する覚悟で布団にもぐりこんで三郎の脚をかじった。

「痛！」

唸り声を上げて、三郎は脚を跳ね上げた。だが起きない。

「あかん。と、とりあえず」

布団から這い出たが煙の臭いが耐えがたいほど濃くなってくる。

「これなんや。あ、仏壇か」

仏壇には扉がある。歯と前足を引っ掛けるうまく開いた。

「ここまで煙はこんやろ」

アサキチは隠れ家にもどると、シッポをくわえて出た。

「シッポ、上がれるか」

仏壇の下に立たせて上から前足をくわえて引っ張りあげる。シッポはそれにこたえてツメをひっかけ、なんとかあがった。

「シッポ、とりあえずここに入っとこ」

そういってアサキチは、シッポとともに仏壇の中に足を踏み入れた。

「こんばんは、大黒様」

「阿弥陀様とちゃうやろか」

「どっちでもええけど、あんじょうお頼みもうします」

そういって中に入ったとたん、アサキチの足元の板ががたりとはずれ、二匹はその下の空洞に落ち込んでしまった。


アパートのドアを開けたとたん、ウォーッという魔物の吠える声のような音が飯に襲いかかってきた。それが自分の声なのか十一月の夜空に龍のように立ち上がった炎の音なのか飯にはわからなかった。とにかく真っ赤なのだ。

戦後の闇市がそのまま残っているともいわれる天満卸売市場だ。万一の場合火の回りが早いのはわかっていた。だが誰もが儲けを優先させて放っておいた、そのつけが回ってきたのだ。

消防車のサイレンが聞こえてきた。だが一台や二台の消防車では何の役にも立つまい。大量の火の粉が天空から地上に逆流してきている。寝巻きで出てきた人たちが慌てて戻っていく。我が家が類焼しては大変と思ったのだろう。

三郎は無事か。飯は市場に走った。

まだ大丈夫だ。火柱が立っているのは成天の店とは反対側のところ、八百屋の一角だ。小売もしている青物屋の通りは、店と店をよしずで区切るなど燃えやすいものも多い。

「飯ちゃん、危ない」

市場に飛びこもうとした飯の腕をつかんだのは緒方だった。松葉杖のままどこかで飲んでいたのだろう。

「離して、サブちゃんが中にいてるんや」

「え」

緒方がたじろいだ。だが腕はゆるめなかった。

熱風が頬にあたる。だが中はまだ火はまわっていない。だが誰かが照らす懐中電灯の光の中を煙が床の上を蛇の舌のようにうごめいて伸びていく。

消防車が到着した。放水栓を求めて消防士が走ってくる。

「下がって、下がって。危ないよって下がれ」

消防士が叫ぶ。だがその声も、次から次とやってくる消防車のサイレンでかききえる。

「誰か市場の中のことわかるもんはおらへんか」

消防士の一人が大声で声をかけながら従業員の一団の方に走ってきた。従業員の中には店の二階で寝泊まりしている者もいる。その安否の確認が先だろう。だめだ、これでは三郎の救出が遅れてしまう。

「どけ、どかんかい」

突然従業員たちのうしろから悲鳴に似た高い声がして、ぼろくずのようなものが市場に突入した。

「おばはん、危ない、やめとけ」

男たちが怒鳴る。玉圭だ。

「飯ちゃん、動くんじゃないぞ。サブちゃんはぼくが見てくる」

緒方は玉圭を追って松葉杖を振り回しながら中に走りこんでいく。

歩ける？

火事場の馬鹿力というやつか。

玉圭は何かにつまづいたらしく入ってすぐの場所で倒れていた。緒方は玉圭の腕をつかんで引き起こした。そこへ消防士が走りこんできて緒方を押しのけるようにして玉圭を取り押さえた。

「おばちゃん、入ったらあかん、蒸し焼きになる」

「ほっといてくれ」

緒方は、抵抗する玉圭と格闘する消防士をおいて前に進んだ。

「サブちゃん、火事だ。逃げるんだ」

消防士のヘッドライトがちらちらと通路を這っていく白い生き物のような煙を照らした。成天に到達するまであと数秒か。

「仏壇、仏壇、社長！　ブツダーン」

血迷った玉圭の叫び声が後ろから負いかけてくる。

「あかん、行ったらあかん。戻れ、戻るんやあ」

消防士が叫ぶ。緒方にではない、緒方の後ろから走りこんできた男にだ。ひとつ向こうの通路に店を構える肉屋だ。意外と市場の中には人がはいっている。みんなひとつでも商品を助け出そうとしているのだ。

「サブちゃーん」

緒方は喉が破れるほどの声で三郎を呼んだ。

「おー」

天井裏から返事が返ってきた。起きたのだ。

「火事だ、逃げろ」

緒方は成天に走り込み、はしごの下に立った。

あ痛っ、という声が天井から聞こえた。どこかにぶつけたのだろう。

「落ち着け。まだ火は遠くだ」

だが三郎はまだ切迫した状態に気づいていないらしい。

「痛ってぇ。なんだ、これ仏壇かあ、このくそ」

仏壇？

緒方ははっとした。さっきの玉圭の形相はただごとではなかった。

「サブちゃん、仏壇下ろせるか」

「ええ？」

緒方のいうことを三郎は理解できないらしい。

「出よ、はよ出よ、煙に巻かれる」

追ってきた消防士が怒鳴りながら近づいて来る。

「サブちゃん、仏壇、玉圭の仏壇」

緒方が叫んだ。と、その前に木の箱がどっしゃんと落ちてきた。意味が通じたのだ。

「サブちゃん」

「おお」

三郎は天井の穴から一気に飛び降りると、先に落とした仏壇を抱えあげた。

危険やー、入るなー、あちこちの通路から消防士の叫び声が聞こえてくる。まだ火が回るのに時間があるとみて、店の人間が走り込んでいるのだろう。

南の方で木がはじける大きな音がしてぱっとあたりが明るくなった。外の見物のどよめきが聞こえてくる。

「息をするなー。熱風で肺をやられるぞ」

消防士が叫ぶ。火元に近い店が崩れたらしくそちらから熱気のまじった煙が吹きよせてきた。

その次の瞬間、仏壇を抱えた三郎は鬼神もかくやと思えるようなすさまじい脚力をみせて市場の外に向かった。緒方も松葉杖を振りながら夢中でその後に続く。入り口まで成天から最短で十メートル、地獄に落ちる瀬戸際だ。だがその十メートルの長いこと長いこと。緒方にはそれ以外の記憶はまったくない。

空気がふっと変わり、羽交締めにされた玉圭が見えたとき、助かったのがわかった。玉圭は火に照らされて痩せた赤鬼のようにもがいていた。

「おばちゃん、仏壇や」

三郎は放り出すようにして玉圭の前に仏壇をおいた。

「あ、ああ、おおきに。あんた持ってきてくれたんか、おおきに、にいちゃん」

事態を把握した玉圭が、おおきにを連発しながら仏壇に近づいた。その時だった。

「ちょっと、ちょっとすいません」

見慣れない男が近づくと、

「これ、みせてもらいます」

玉圭の仏壇を横取りしたのだ。三郎を張っていたあの男だ。

「なんやねん。あんた」

玉圭は大音声をあげて男に掴みかかった。

男は玉圭の腕を背中でさえぎると、

「あ、ぼく、税務署の者です」

と、髪を逆立てた玉圭に名刺を差し出した。

さいなら貧乏神

美鈴は、アパートからそう遠くない道端にいた。

「こんなとこにおったん。美鈴ちゃん」

あちこち捜しまわった末にようやく美鈴を見つけた飯は、少々腹を立てていた。だがちかちかと光る消防車のライトに浮かんではきえる美鈴の影は返事をしなかった。近づいた飯は、美鈴が泥だらけなのに気がついた。

「あんた、アパートから自分で出たん？　ああ、怪我したんとちゃう？」

手の甲を触ると泥がついていた。廊下に置いてあった車椅子に乗って自分で出たのだろう。廊下から玄関の段差、玄関から外、荷物を持って逃げ出す人、野次馬と消防車でごった返している道。どこをとっても車椅子に優しいところなどない。車椅子が倒れて野次馬に踏みつけられてもしかたがない状態なのだ。

ほおっておいた自分にも落ち度はあるが、飯はまず美鈴を責めた。自分が反省しなければならないことに腹が立ったのだ。

「危ないやない、というより迷惑や」

「……そやね」

意外に美鈴は素直だった。

「ごめん、けどほんとのことやから」

「うん、いいの」

美鈴が鼻をすすりあげた。

「あ、美鈴ちゃん、成天さんが探してはったけど」

美鈴は、ひどく疲れた様子で飯を見上げた。

「そう。……俊一さん、戻ってきはったの？　ショックやったやろな」

「うん。まあ……火災保険には入ってるから損害はなんとかなるて。けど商売が続けられるかどうかやわな、借金もあるし、市場が再建されたとしても」

飯は、美鈴の後ろに回って車椅子の押し手を握った。

「再建？」

「うん。みんなもう明日の商売の話してはるわ。焼け跡にテント張るとかいうて。こういうときて戦中派は強いな。焼け出されたときよりましやていうてはるわ」

「そう……もう暮のかきいれどきやし、泣いてなんかおれへんわね」

美鈴は声を立てないで笑った。

「そうかあ……。頑張ってね、飯ちゃん」

「え、なにを？」

「わたし、わかったの。わたしには無理なんが」

飯がはっとした。美鈴は結婚のことをいっているのだ。

「そ、そう？」

「うん……。わたし、身を引くわ。残念やけど、これがいま、わたしが俊一さんにしてあげられる唯一のことやとおもう」

美鈴は決心したのだ。

「そ、そうやな。成天さんにしてもいまは結婚のことなんか考える余裕はないやろしな。最悪を通りこしてるもの」

飯は、なるべく軽く応じた。そう、これは大したことのない選択なのだと美鈴に言い聞かせるように。

美鈴には、身体の不自由な人間として生きやすい方向を選ぶ権利がある。

「うん。だから、しっかり支えてあげてね、飯ちゃん。大変なときやけどそれだけやりがいもあると思うわ。力をあわせて二人で乗りきって」

飯は、美鈴のうなじに目を落とした。

「それは……そやけど……」

「わたしのことは忘れて。もう二度とここには現れないから。俊一さんにそういうて」

「ということは今から家に帰るいうことやね。うん、それはええ。そう伝える。けど……うち……うちな、美鈴ちゃん」

「なに？」

「決めた。うちも決めたんや」

飯は、押し手を握った手にちからをこめた。

「うち、成天さんとは結婚せえへん」

美鈴の背中が動いた。

「うち、自信ないもの」

飯は、車椅子の方向を大通りのほうにむけた。

「美鈴ちゃんもそうやろ。当然やわ。こんな事態になってるんやもの。あ、ええんや。そんなこと美鈴ちゃんが気にすることやない。タクシーでええわな。すぐにつかまえるわ」

「自信ないて、どういうこと？」

美鈴は、飯が動かそうとした車椅子の輪を手でつかんで止めた。

「どういうことて……いうたら美鈴ちゃんとおんなじや」

飯は苦笑しながらいった。

飯は美鈴というライバルの出現以来突っ張ってきた。しかし成天の背負った現実の重みには悲鳴を上げそうだった。成天は好きだ。しかし成天は無一文どころか巨額の借金で、立っているのがやっとの状態だ。その上この火事だ。新しく店を立ち上げたところで早晩成天は潰れるだろう。

「ほんというと前から思ってたんや。うちにはとても成天さんを支えることなんかできへんのと違うやろかって。好きやし信頼してるけど……うち自身はそんなに強ないんや。泥をすすってでも生きて一緒にいこうと……よういわんの。そやから美鈴ちゃんの気持ちもわかる。美鈴ちゃんこそ自分で自分を守らんならんのやもの」

「え？」

「こんなときに卑怯やけど」

飯は、車椅子を道の脇に押して、通行人に道をゆずった。

「うちは腰抜けの普通の人間なんや。そやからある程度先の見える生き方がしたいんや。そんなうちに成天さんとの結婚はむいてない。うちは根性なしや。浮き沈みの大きい運の人をささえる、そんな根性はないんや。うち、このところそんなことを考えてたんや。……美鈴ちゃんのことで意地になってたから決めるのが遅れただけで、最終的にはこうなってたように思う。うちには……妥協と打算で手を打った結婚のほうが似合う」

「飯ちゃん」

「そしたら行こか。成天さんにはうちから話しとくわ」

車椅子が大通りのほうに動き出した。

「待って、飯ちゃん」

美鈴が車椅子を止めた。

「俊一さんはわたしを捜してはったんやね」

「う、うん」

「再建の話やろか」

「どうやろ。こんなになったし結婚の話は延期したいいう申入れやないかな。男ならそうするわな」

「待って、飯ちゃん。……俊一さんに会ってからにする」

美鈴は自分で車椅子を反転させた。

消防のホースから水が雨のように降っていた。俊一にはそれが子供の時に見た雨に見えた。とうちゃん……。

俊一の脳裏に、長い間思い出すこともできなかった父親の面影が浮かび上がった。あの時雨は一週間降り続いていた。そして最後の日、雨は天から大きなホースで狙ったように高野山の奥、V字の谷間にしがみつくように作られた村の上に降り注いでいた。

村で一番と評判をとったヒヨだった俊一の父は、谷側に作られたシュラの上を天性のバランス感覚を駆使して安定した姿勢で下って行ったものだ。

「とうちゃーん」

子供のころの俊一は、父が丸太に乗ってまるでスキーでもするように林の中を滑り降りるのを見るのが好きだった。そして川の本流に丸太を落とす一瞬前に岸に飛び移った父に声をかけ、友達に見せつけるように父に向って手を振ったものだ。

戦後の急速な木材の需要に合わせて、村は好景気に沸いていた。

だがときには一トン以上にもなる木材を伐りだす仕事には危険が付きまとう。ヒヨと呼ばれる伐採人たちは一年に何人か死んだ。当然だろう。生木をのこぎりと斧で伐り倒すと、丸太に加工して山の斜面を運び、集積所に集められた木を谷川に敷いてシュラと呼ばれる半円状の装置を作り、さらにそこに材木を滑らせて本流に下ろす。その材木に乗って一緒に谷を滑り降りるのがヒヨの一番の腕の見せ所だ。こうして最終的にはシュラの材料にした木も一本残らず本流に流される。熟練のヒヨといえども運が悪ければ木材に打たれて命を落とす。

丸太落としが行われるのは冬の真っただ中だ。ヒヨたちは身を切るような寒さの中、朝早くから急流を丸太に乗って下り、下流の筏場まで流していく。

ヒヨとは日雇いがなまった言葉だという。危険な仕事だが彼等には何の保証もない。だが請け負えばどんな危険なことでもやってのけるのがヒヨの誇りだ。仕事がある限り彼らは要請に応じていた。けれど不安が無くもない。今は好景気だと言っても山の木には限りがある。あと数年で商品となる木は山からなくなるだろう。それは誰よりも彼らがよく知っている。だが伐らなければ暮らしがなりたたない。

そんな思いを抱きながら危険な仕事をこなしている彼らにとって一番大切なのが家庭だった。だから暮らしは少し派手だったかもしれない。彼らは子や妻が欲しがっているのなら少々高価でも買い求めた。俊一の父親もそんな男だった。

あのとき俊一は中学三年生。父は進学を勧めていた。しかし近くに高校はないから卒業すれば町の高校の寮に入らなければならない。

一年もしない間に家から出て行ってしまう末っ子の俊一に、父は野球のグローブとボールを買い与えた。野球ができないと町で恥ずかしい思いをするといって。多分野球は父の憧れだったのだろう。出入りの商人が背負ってきた荷物の中にあったボールとグローブで父子は暇を見てはキャッチボールをした。

それは楽しい日々だった。勉強が苦手だった俊一は、高校へなど行きたくなかった。俊一の夢は父親のようにヒヨの華である丸太乗りになることだったからだ。ヒヨに必要なのは学問ではなく経験だ。それでもグローブを手にするときは、野球部に入って活躍する姿を思い浮かべたりもした。

だがその楽しい日々が一カ月だったのか一週間だったのか俊一は覚えていない。あまり長くはなかっただろう。それからしばらくして梅雨にはいったからだ。

　雨は降り続いた。朝から晩までの雨。村は一週間以上黒い雨雲に閉じ込められた。いつもは澄み切っている本流の水も、谷から流れ落ちる土混じりの水で泥の帯と化し、一番低い所にある家の前は、庭先まで水かさが増していた。下流の橋が流されたという知らせも入っている。いくらなんでも明日はやむだろう、という期待とは裏腹にさらに雨量を増して振り続ける雨。このまま晴れる日など来ないのではないか。俊一も部屋の中でボールをいじくりながら不安を募らせていた。そんなとき下のよし子のじいちゃんがやってきた。じいちゃんの息子は戦死してじいちゃんの家は死んだ息子の忘れ形見のよし子とよし子の母親の三人暮らしだ。

「畑が崩れたみたいなんや。ちょっとみてくれんか」

　頼みに応じて父親は下の家を見に行った。村の家は谷の斜面に一軒ずつ階段状に並んでいる。たいていの家の畑は家の前の斜面に作られており、畑の端に石垣を積むことで土が流れるのを防いでいるが、畑自体が川に向かって斜めに落ちている格好だ。じいちゃんの畑の土を支えている石垣が限界を超えたのだろう。

　俊一は、じいちゃんと一緒に隣に向かう父親の後ろから玄関までついていった。分厚い茅の屋根はかろうじて雨を防いではいるが、戸を開けた途端、雨は真っ白な幕のように屋根から落ちて地面をたたき、蓑笠をつけて出ていく二人の姿をたちまちに消してしまった。

俊一は、部屋に戻って窓から表の方を見た。表の垣根の向こうの上方には山に向かう山道だ。山道にそって杉山がある。杉山に降った雨は道脇の溝から隧道をとおって谷川に流れているはずだが、すでに隧道におさまりきれず、道から俊一の家の垣根をぬけ畑から家の床下に押し寄せてきている。

「かあちゃん。表の方もひどいよ」

母親は炊きたての飯を握っていた。

「出られる用意はしたのか」

母親は苛立っていた。

「さっき、とうちゃんにいわれたろう」

母親は緊張に手を震わせながら握り飯を風呂敷包みに包みこんでいる。万一の場合公民館に逃げられる支度をしておくよう父が言い残していったのだ。俊一には大人たちが何を心配しているのかわからなかった。本流の水が五〇メートルは上にあるここまで上がってくるというのだろうか。しかも村民の避難所とされている公民館や村役場はここよりずっと下にある。あるいは杉山からの水でこの家が押し流されるとでも言うのだろうか。分厚い茅葺の屋根と一抱えもある大黒柱に支えられたこの家が。

が、とにかくいわれたようにカバンに教科書とノートは入れた。カッパもそばに置いてある。

持ちにくいがボールとグローブも持った方がよくはないか。

と、玄関に戻ってきた父親が奥の勝手に向かってどなった。

「川がおかしい。水かさが減っている」

減ったらおかしいのだろうか。さっきまでは増えていることで騒いでいたのに。

「どこか、くえたんだろうか」

台所から走り出てきた母親が心配そうにきいた。くえたとは崩れたという意味だ。土砂崩れが川を堰き止めた？

「たぶん……」

二人とも緊張していて、俊一はそれがどういう意味か聞きそびれた。

「とりあえず公民館に避難してくれ。じいちゃんも一緒に行くというとったからいっしょに行こう。おれは橋をみてくる」

橋とはじいちゃんの家の東側を流れる小さな谷にかかったもののことだ。足もとがずいぶんえぐられて、下手をするとあそこも落ちるぞという話をしていたのは昨日のことだ。橋がなくなったら分断されてしまう。

父が出ていくのを見送った母は金切り声で、

「俊一。支度をさんせ」

と叫んだ。

雨粒は見た目より重かった。雨にたたきつけられたカッパはたちまち水を通して俊一はびしょびしょになった。よし子が二つの家をわけている小道に立っていた。母親とじいちゃんはまだ準備中のようだ。

「着がえはもってきたね？」

同級生のよし子が俊一に話しかけてきた。よし子は背中に大きな風呂敷包みを背負っていた。

「着がえは母ちゃんが……」

「あんたが担がんかね。男のくせに」

よし子が非難がましく言った。そんなことをいわれてもと、俊一は家の方を振り返った。母親はまだ家の中だ。よし子に何のかのと言われたくない俊一は、ふとボールのことを思い出した。グローブは邪魔かもしれないがボールだけならポケットにも入る。公民館で退屈しのぎに遊べるに違いない。そうだ、あれをもってこなくては。

俊一は、母親と入れ違いに家に走りこんだ。

「あれ？　ない」

さっきいじくっていたボールがない。そんなはずが、と探すが焦っているせいかどこにボールを置いたのかを思い出せない。

机の下にも引き出しにもない。

「何をしている」

どなりながら父親が入ってきた。地下足袋をはいたままだ。

「ボールがないんだ。とうちゃん」

「ボールなんかどうでもいい。早く出ろ。山が鳴り出したぞ」

山が鳴る、それがどういう意味かはわからない。俊一は玄関に戻って長靴を履こうとした。

「そうだ。とうちゃん。押し入れだ。押し入れに入れたんだ」

早く出ろと言いながら父親は押し入れを開けて前に屈みこんだ。俊一は後ろを振り返りながら外に出た。そのときだった。女たちの悲鳴が聞こえた。

「くえる。山がくえる」

なんとも恐ろしい轟音を伴って大地が震動始めた。

「あったぞ」

父親がそういって玄関に現れたのと同時ぐらいだった。と、父親は俊一に向かって何かを投げた。

ボール？

雨の中をボールが俊一に向かって飛んできた。

はっとして手を出した。だが俊一は父親が投げたボールをうけそこねた。

そのときだった。ど－んと鈍い何ともいいがたい重い音がして家が持ち上がったのは。と次の瞬間、父親の背後に、家の壁を突き破った杉の木が家を串刺しにするように飛び込むのが見えた。父親の体勢が丸太から岸に飛び移るときのように低くなった。

こちらに跳んでくるんだ。

そう思ったとき、俊一の体は、後ろから母親にひったくられるようにして後ろに下がった。

「とうちゃん。とうちゃん」

俊一は引きずられながら叫んだ。だがいつもなら、あの安定した姿勢で川岸に飛び移るはずの父親の雄姿は、どれだけ待っても俊一の前には現れることはなく、轟音と、こっちに来いという母親の悲痛な叫びと、土石流にゆっくりと呑み込まれていく茅葺の屋根と、上から流れてきた岩が互いにぶつかって不気味な赤い火花を散らして落ちている光景だけが、延々と続いた。

大量の雨に山の土は保水力の限界を超え、土の下に隠された岩盤の上にたまり、その上に乗っていた土や木のすべてをそぎ落としたのだ。

だが土砂で押し流されたのは俊一の家だけではなかった。山津波は村の至る所でおき、あちらの集落でもこちらの集落でも家が押しつぶされ、避難所であった公民館や役場さえも跡形もなく流された。後でわかったことだが、この時泥流に呑みこまれた者は村民の三分の一にも及んでいた。

山津波の様子は地獄だった。だが生き残った者たちを待っていたのも地獄だった。何とか土砂崩れから逃げ出した者が耐えなければならなかったのは、雨をしのぐ場所もないまま、彼等はかたまって山中をにげまどった。子供が仏華を背負って高野山まで通っていた山道は寸断され、山中の何とか歩ける場所を見つけながらたどり着くのに一昼夜を要した。

とにかく俊一たちは生き延びた。だが村は壊滅した。もう材木を伐りだせるような状態ではない。村人たちは収入の道は、国に借金をして村が行う災害復旧作業に伴う土木工事しかない。

俊一の母親も、そんな現場で毎日土石を取り除く仕事に就いた。

重機などほとんどない時代に、ましてや秘境とさえいわれた山の中だ。すべてが人の力に頼っていた。だが俊一は疲れ切った母親を助けることもなく、一日ぼんやりと座り続けていた。母親の負担でしかなくなった俊一を引き取ったのは、大阪でナースとして働いていた姉とその夫、つまり緒方夫妻だった。

姉夫婦は俊一を大阪の高校に進学させようとした。だが俊一は試験を受けず、どこからか仕事をさがしてきて働きはじめた。母親に仕送りをすること、それだけが俊一をなんとか社会とつなぐ糸だと考えた緒方たちは、俊一が怪しげな仕事をしていると知りつつそれを黙ってみているしかなかった。

職を転々とし、やがて沖仲士をしきる親方に出会い、親方の取持ちで天ぷら屋の養子になりと、環境に変化はあったが俊一は、母親への仕送りを途絶えさせたことはない。だがその間一度も村に帰っていない。帰ろうとすると体が震えだし、とても電車に乗っていられなくなるのだ。少年のころだけではない。働き続けた母親が倒れてすでに数年になる今でさえ、俊一は村に戻れないでいる。


「どかんかい」

消防士にどなられて我に返った俊一はあたりを見回した。

「美鈴ちゃん」

美鈴を自分の凶運に巻き込むわけにはいかない。俊一は美鈴の強さに惹かれていた。だがいくら美鈴の芯が強くても、これは無理だ。


市場のほうでは野次馬の間で消防士がホースをたたんだり、別のところに引っ張ったりと忙しく動いていた。火事の終わりをみとってぞろぞろと歩いてくる人もいる。その中に一際背の高い男の影が動いた。

「成天さんや」

飯が車椅子を前に動かした。

俊一が美鈴を見つけたのがわかった。

暗くて離れたところではあった。けれど美鈴には見えた、俊一の目が。美鈴を認めた瞬間の安堵に輝く目が。一生忘れられないだろう俊一の表情が。

わたしを捜してはったんや。

美鈴は手をあげた。俊一が人を押しのけて走って来る、まっすぐ美鈴を見て。

喜びが美鈴の身体を突き抜けた。美鈴は自分で車椅子の輪を前進させた。


「感動的やった」

アパートの前で飯はぼんやりとしていった。

そんな飯を見ながら薄ら笑いを浮かべて三郎は煙草に火をつけた。

「オレも感動的だったぜ。せっかく仏壇を持っていってやったのに玉圭に焼けてしもた方がよかったって文句をいわれたんだからな」

ふっと煙草の煙を吐き出す。ここのところ三郎の友達は煙草だけだ。玉圭は二重帳簿を仏壇の中に隠していたに違いない。このことで三郎は玉圭から幾らかふんだくれるとおもった。それは緒方も同じだっただろう。だが仏壇は税務署員に押収された。そのとき玉圭は手のひらを返したように、あんなものほっといてくれたら良かったんやと三郎をなじったのだ。

「お互いスカをひいたわけや」

三郎のスカが何を意味するのかは知らないが飯はすっきりした気分だった。

「ええのや。うちは、べつに。その前に田舎に帰ることにしてたから」

俊一でなくても男はいる。たいていの男はいい奴だ。それが俊一と付き合って学んだことだ。どんな男に当たるかはわからない。ちょっとした賭けだが結婚は決意の問題だ。たとえ感動的なプロポーズはなくても。

「へえ。何かあてがあるのか」

「ないけど……百姓するわ。お兄ちゃんはサラリーマンになって百姓はつがへんていうてはるから、うちが田んぼを手伝うのに、誰も文句はいわへん」

「それはどうかな。親の生きてるうちはいいけどな、男はみんな嫁のもんだからな」

「とにかく、うちは土地と結びついてないと不安なんや。そういう理由もありや」

「まあな。オレも御宝台で我ながら百姓の子だと思ったよ」

三郎は、大きく煙を吐き出すと、

「おれも帰るかなあ」

飯の肩に手を置いた。

仏壇騒動の後、三郎に声をかけたのは例の背広のやくざだった。

「にいちゃん。爆弾、部屋に置いとるんとちゃうやろうな」

「爆弾？　ああ、あんたに渡したんで全部だ」

「ああ、それならええんや。なかなかの威力やったで、あんたの爆弾」

「祈りの国の金庫が爆破されたってな」

「そうか？　えらいこと知ってるやないか」

やくざは、石の上に腰を下ろして煙草を取り出した。

「あんたの探してた白井いう子な」

見つけたのか。三郎はやくざの腕をつかんだ。

やくざは三郎の腕を払いながら、ポケットから紙切れを取り出した。

「宝塚の精神病院に入ってたわ。これ、そこの電話番号や」

精神病院？　直子が？　あの強い直子が？

「なんでそんなところに？」

三郎は、直子の状態を詳しく聞こうとした。

何が原因なのか。

俺か？

直子の放心したような眼差しが思い出された。

「俺が悪いのか？　」

やくざは煙草の煙を吐き出すと、

「どう思うかはあんた次第や。ほな、これ」

やくざは三郎の手に札束が入っていると思われる封筒をつかませると，これでこの件はちゃらやで、とドスの効いた低い声をかけその場から去っていった。

三郎は理由を聞かず爆弾づくりを請け負い、その代り白井直子の消息を依頼したのだ。金を要求したわけではなかった。

「オレ、直子を愛していた。直子もオレを愛していた、違うのか」

やくざの話に乗ったのは、頭が変になっていたからだ。直子より先に、だと思う。なんでもいい。決着が欲しかったからだ。荷物を放り出したかったからだ。

「オレは何をしたらいい？　直子」

答えを出してくれる人はいない。憧れのブルジョアの、立ち居振る舞いの美しい直子はいない。

金が手に入った……。

それだけが事実で現実だった。三郎の中で何かが壊れた。

……革命はやめた。


三郎は、飯の肩に手を置いたまま横を向いてタバコを吸っている。だがそれでもその手からは温もりが伝わってくる。一人は寂しい。飯は寂しいのが嫌いだ。

「サブちゃん……一緒に」

次の一言に飯が思いを込めたときだった。

「やあ、ここにいたのか」

急ぎ足で現れた緒方が松葉杖を振った。

「いまね、焼け跡の処理を組合から請け負ってきたところなんだ。俊ちゃんの顔でね」

声が弾んでいた。

「焼け跡の処理？」

三郎が煙草を足元に投げてもみ消した。

「植重《うえしげ》に走ってくれないか」

「え？」

植重とは宝塚の植木屋で、御宝台事件以来絶交状態の三角出版のスポンサーだ。

「重機がいるんだ、焼けたものを二、三日で片付けるには。いま植重に重機の手配をたのんだ。人集めは例のやくざ屋に頼んだ。ぼくは計画も詰めなければならない。いまから手配して現場検証が終わると同時に重機をいれたいんだ。その折衝にあたってくれ」

緒方は重機を自分で操縦することも辞さない様子だ。三郎がうなずいた。大丈夫なんだろうか、この二人が組んでと飯は思った。

「しばらくは眠れないぞ」

「三角出版は？」

「休業だな。いまはとりあえず金儲けだ。宝塚に走ってくれるか？」

「は、はい、すぐ。いい金になるといいですね」

煙草を足でもみ消して、三郎はどこかに駐車してある車の方に行く体勢をとった。

革命の、あんたの理想はどうした、と飯はどなってやりたかった。そういえばあの成天の標語はどうしただろう。焼けてしまったのだろうか。

「じゃあ、しっかり頼むぜ、常務」

「じ、常務って」

三郎は、確かめるように緒方に目をやった。緒方がうなずく。仏壇の縁だ。

「ま、とりあえずがんばりますか」

そういいながら、三郎は緒方と共に愛車を置いてある大通りの方へ行く。

もう駄目だと飯は思った。

三郎はまだ青春に別れを告げる気がないのだ。

家に帰ろう。そして誰でもいい、結婚しよう。たいていの男は愛すべき人間だ。青春という海では釣り上げには失敗したが、見合いという釣堀がある。人生最大の賭けだが、三郎にかけるよりましな目が出る確率のほうが絶対高い。平凡、それが飯の第一条件だ。

「もう貧乏神はたくさんや。貧乏神いう神さんはな、希望という餌を撒いて人を釣りよるんや。わかってんのか」

飯は焦げ臭い夜空に向かってつぶやくと、寒さから胸をかばうように前で腕を組み、うつむきながらアパートに引き上げていった。

エピローグ

「コイモちゃん。おりてみな」

ハラジロは、軽トラックの荷台で緊張のため震えているコイモに声をかけた。だが歩道の縁で首を伸ばしているハラジロも及び腰だ。

「この辺やで、ヤオヤのアサキチ親分が天満市場の炎をバックに立ち往生しはったところは。けどすごい、都会やなあ」

だがハラジロの感激は「きゃっ」というコイモの悲鳴で中断した。車から降りてきたコイモを巨大なドラネコが押さえつけたのだ。

「コイモちゃん」

ハラジロはその場にすくんだ。次の瞬間、

「なにしくさるんじゃ」

と、ネコの半分ぐらいはある大きなネズミがネコの横っ面に爪を立てた。驚いたネコはコイモを放してロケットのように走り去った。

「あ、ありがとうございました」

ハラジロはコイモを抱えるようにして礼をいった。

「田舎のお人みたいやな。この辺はネコの目を抜くいうて油断のできんとこや。早ようお帰り」

ネズミは二匹に背を見せて通りのほうに歩き出した。

「あ、せめてお名前だけでも」

尋ねるコイモに、

「オレかい」

背中が笑ったように見えた。

「オレはマルサのアサキチいうけちな男や」

「は？　何のアサキチ？」

聞き返すコイモに応えずアサキチの姿は下水の中に消えた。

「あ、待って、アサキチさん」

そういってちょこちょこと走り出したコイモは、微かな迷いを見せてハラジロを振り返ったが、次の瞬間、

「アサキチさーん」

目をつぶって下水に飛び込んだ。

「あ、あ、コイモちゃーん、トラックが……」

といいながらハラジロはコイモの後を追って下水に走りこんだ。

あとがき

お読みいただいた皆様に、ド素人の作者より三拝九拝して御礼申しあげます。

この物語を書き始めたのは、平成がいつ終わるのかなんて考えたこともないころのことでございます。まだ形がしゃんとしていないうちに、私は登場したネズミたちに夢中になってしまいました。そこで変な芝居の勧進元に、〝ねえ、ミュージカルにしてみない？〟と持ちかけました。するとちょいと頭のおかしい親方は、本当にミュージカルにしてしまったのです。ちゃんとした作曲家まで巻き込んで。タイトルは「ハウ　チュウ　ラブ」。

私はちょっと焦って話を書き続けました。

と、その後座長は「一人芝居の脚本、ない？」といってきたのです。そこでまたしても書きかけのこの小説から「緒方さんの失敗」を引っ張り出しました。そういうことが重なって「村は消えた」「折れた翼」なども書くはめになり、小説が出来上がる前に脚本を四本も書いてしまったのです。

それはそれで原作者としてはよかったのです。

ところが観客の中で「原作中村なにがしとあるけど、原作はどこにあるの？」という質問が出たとかで、原作者はとても慌てたのであります。

何せいつまでたっても原作が出来上がらない。

原因は作中に出てきた人物をどれもこれも好きになってしまうからなのです。一体この物語の主人公はだーれ。

作者にわからなくて誰にわかるというのでしょうか。ここが小説書きの素人という所以です。「飯ちゃん」は作者が見聞きしたことを体現しております。しかし彼女には主人公らしき魅力に欠けております。

次に私はハッピーエンドが好きな人間です。なので劇的なお話には持っていけません。どうやって終わったらいいんだと悩み苦しみ、まあいいや、原作がどうであろうと物事は回っていく。というのでずっとほったらかしになっておりました。

しかし平成も終わろうという時期に来て、私も古稀。近々かつ、遠々死んでしまうんだという現実をひしひしと感じるようになり、やはり終わるものは終わっておこうという心境に至りました。主人公は誰？　という問題に関しましては、貧乏神に蹴っとばされながら生きていた「時代」ということでお茶を濁しておきましょうか。

お付き合いいいただきありがとうございました。

令和と年号が決定した春

中村路子

貧乏神といたころ

発行日
初　版　2019年6月25日

著　者
中村　路子

発行者
久保岡宣子

発行所
JDC出版
〒552-0001　大阪市港区波除6-5-18
TEL.06-6581-2811(代)　FAX.06-6581-2670
E-mail : book@sekitansouko.com
郵便振替　00940-8-28280

印刷製本
前田印刷（株）